小学館文庫

謎解きはディナーのあとで ベスト版

東川篤哉

小学館

目次

謎解きはディナーのあとで　ベスト版

第一話　二股にはお気をつけください

1

国分寺《こくぶんじ》駅北口といえば、かねてより大規模な再開発の計画がまことしやかに語られながら、結局この十五年ほどの間、ほとんど変わることのなかった街である。狭い通りに小型の商店と学生と路線バスがひしめき合う街並みは、ある意味、変わりようがないのかもしれない。変わったことといえばドンキとスタバが出来たこと。あと早稲田実業が甲子園で優勝したときに、少しだけテレビに映ったことぐらい。だが、そんな街にも悲劇は起こる。

宮下弘明《みやしたひろあき》が悲劇に見舞われたのは、彼が会社から帰宅した直後のことだった。独身男性が多く住むマンションの一室。熱烈な阪神ファンである彼は、冷蔵庫から取り出した缶ビールを片手に、さっそくテレビの前へ。CS放送の野球中継は、阪神の攻撃中。ツーアウトながら満塁で、絶不調の新井《あらい》に打順が回ってしまうという阪神の大ピンチ（?）。

宮下がビールをひと口飲んでソファにどっかと腰を下ろしたのと、新井の振り回したバットが白球を捉《とら》えるのが、ほぼ同時だった。「おッ」と思って腰を浮かせた次の瞬間には、打球は甲子園のレフトポール際《ぎわ》に一直線。外野席を埋め尽くすタイガースファンの絶叫を聞きながら、宮下はなぜかソファの下でうずくまったまま動けない自分に気がついた。

「…………」なにが起こったのだ？　宮下は床《ゆか》に這《は》ったまま、おそるおそる自分の腰に手を当てた。「まさか、これが……これが噂《うわさ》の、ギックリ腰というやつか……？」

どうやら、それに違いない。想定外の新井の一撃に、腰が驚いたのだ。とにかく一刻も早く医者へ。そう思った宮下はテレビを消して玄関まで匍匐《ほふく》前進。傘立てに挿してあった木刀を杖《つえ》代わりにして部屋を出た。ちなみに木刀は彼が高校の修学旅行の際に水前寺《すいぜんじ》公園の土産物屋《みやげものや》で、うっかり購入したもの。無論、実生活で役に立ったのは初のことである。

宮下は敗残兵《はいざんへい》のような足取りでマンションの廊下を進み、エレベーターの扉の前で立ち止まった。ちょうどのタイミングで「チン」とチャイムが鳴り、目の前で鉄製の扉が開く。杖を突く彼は、若干《じゃっかん》前かがみの体勢。そんな彼の視界に映ったのは、男と女の足元だった。

真新しい黒い革靴と、踵《かかと》のぺったりとしたメッシュのサンダル。

前かがみのまま無理して顔を上げると、そこに立つのは茶色いスーツを着た知り合いの男だった。「あ、野崎《のざき》さん……」

野崎伸一《しんいち》は宮下の隣の部屋の住人だ。小柄な痩《や》せた男で、顔は童顔。そのせいで一見したところ学生にしか見えないのだが、実際は宮下同様に勤め人だ。普段から親しくしているというわけではないが、廊下ですれ違えば挨拶《あいさつ》くらいはする関係である。したがって、この場面でも宮下は普段どおり、「こんばんは」と挨拶したのだが、野崎はびっくりしたようにエレベーターの箱の中であとずさった。傍《かたわ》らの若い女性は、恐《こわ》がるように野崎の背後に身を隠す。無理もない。マンションの廊下で木刀を持ってエレベーターを待つ男。向こうにしてみれば怪しいテロリストにでも遭遇《そうぐう》した気分だったろう。

「いやあ、実は腰をやっちゃいましてね、ははは、これから病院へと……」

野崎伸一はホッとしたように息を吐き、「お大事に」といって箱から降りる。若い女性は野崎の背中を盾《たて》にするようにしながら、彼と一緒にエレベーターを降りた。顔はよく見なかったが、細身のデニムパンツに明るいピンク色のシャツを合わせたスマートな女性だ。

さては野崎の彼女だな、と宮下は察した。ここで普段の彼ならば、嘗《な》め回すような好奇の視線で彼女を観察するところだが、残念ながらいまはとにかく腰が痛い。男は腰が痛いと野次馬根性もスケベ心も盛り上がらない。結局、宮下は木刀の杖を突きながら、おとなしく箱の中へ乗り込み、一階のボタンを押した。

閉まりかける扉。その隙間《すきま》から、寄り添って歩く野崎と彼女の背中が垣間《かいま》見えた。

2

国分寺市本町にあるマンション『ハイツ武蔵野』の五階の五〇四号室。フローリングの部屋のほぼ中央に、ひとりの青年が横たわっている。その周囲にはキビキビとした身のこなしで動き回る大勢の男たちの姿。ある者はカメラのファインダー越しに青年を覗《のぞ》き込み、またある者は不躾《ぶしつけ》なまでの強い視線で、その青年の身体《からだ》を見詰めている。もし青年にまともな感覚が備わっていれば、耐え難い羞恥《しゅうち》に顔を赤くしたか、あるいは怒りに震えて青くなったかもしれない。

だが、青年の顔色は赤くも青くもならない。彼は深い傷を額《ひたい》に刻まれた状態で、すでに死んでいる。周囲を取り囲む捜査員たちは、現場検証という彼ら本来の職務を遂《すい》行《こう》しているにすぎなかった。

そんな中、殺人現場に咲く一輪の黒い薔薇《ばら》、宝生麗子《ほうしょうれいこ》だけは正直なところ目のやり場に困っていた。もちろん麗子とて国立《くにたち》署に勤務する現職刑事。死体から胃袋が飛び出していようが、小腸と大腸が蝶々《ちょうちょう》結びにされていようが、目をそむけてはいられない立場なのだが、それにしても――

目の前の死体は全裸だった。文字どおり一糸纏《いっしまと》わぬ全裸死体。それも男性の。もちろん意識過剰は禁物だ。男の全裸死体くらい、道端に咲くタンポポ同然に心穏やかに眺《なが》められなければ刑事失格。そう思い直した麗子は、黒縁《くろぶち》のダテ眼鏡を軽く指先で押し上げると、毅然《きぜん》とした視線で青年の死体を丹念に観察した。

極めて小柄な男性だ。身長は百六十センチ位だろうか。顔も童顔だから、ヘタをすると中学生に間違われかねない感じだ。ある種の女性たちからは、かわいいと持てはやされるタイプかもしれない。そんなことを見て取った麗子の隣では、遅れて現場に現れた風祭《かざまつり》警部が余計なひと言。

「おや、宝生君。ずいぶん食い入るように見ているが、全裸死体に特別な興味でも？」

「食い入るようになんて、見てません！　仕事だから仕方なく観察しているだけです！」

男のヌードに特別な興味なんか持つわけないだろ、このセクハラ上司！　と口の中で小さく呟《つぶや》きながら麗子は、観察によって得た情報をセクハラ上司に伝える。

「死体の額の部分に殴られたような傷跡が見られます。それから死体の傍らには、血液の付着したガラス製の灰皿。これが凶器ではないでしょうか」

「つまり殺人というわけだ。まあ、裸で自殺する人間は滅多にいないしね。ところで、宝生君」風祭警部は鋭い視線を美しい部下に向けて、ひと言。「――誰《だれ》がセクハラだって？」

「な……なんの話でしょう？　おっしゃってる意味がよく判《わか》りませんが……」

麗子はとぼけるように手帳に視線を落とす。やれやれ、よくいるのだ、自分の悪口に関してのみ、やけに耳のいい人間が。麗子は都合の悪い話題を避けて、話を事件に戻す。

「マンションの管理人の情報によると、被害者はこの部屋の住人で野崎伸一。年齢は二十五歳で独身。同居人はいないようです。会社員だそうで、勤め先は――」

「誰・が・セ・ク・ハ・ラ・野・郎・だ・っ・て・！」

「いや、あの……」正しくはセクハラ野郎じゃなくてセクハラ上司といったのだが、それをいっても意味ないか。「ごめんなさい。謝りますから、怒んないでください」

「おいおい、宝生君、勘違《かんちが》いしないでほしいな。君は僕がこれぐらいのことで腹を立てるような小さな男だと思うかい。はは、まさか！　もちろん、僕は喜んで君の過ちを許そうじゃないか。ところで、どうだい宝生君、今夜あたり僕と一緒に食事でも。吉祥寺《きちじょうじ》に洒落《しゃれ》たベトナム料理の店を見つけたんだ——」

「仕事はどーするんですか。目の前に死体がありますよ。あからさまな変死体が」

どっちみち、絶対いかないけどね。麗子は心の中でベェと赤い舌を出す。風祭警部は、「やれやれ、仕方がないな」と肩をすくめ、あらためて全裸死体を見下ろした。

「確かにこれは奇妙だ。男の全裸殺人事件。あまり美しくはないが興味深い事件だ。そういえば、話の途中だったね。続けてくれ。被害者の勤め先は、どこだって？」

「勤め先は保険会社『三友生命《みつともせいめい》』。新宿にある本社の秘書課に在籍中とのことです」

麗子が顔を上げると、風祭警部は昔の二枚目風の端整なマスクに勝ち誇るような笑みを浮かべた。

「ほう、『三友生命』といえば大企業だ。『風祭モータース』ほどじゃないけどな」

「ええ、確かに大企業ですね」——『宝生グループ』ほどじゃないけどね。

『風祭モータース』は、最高のデザインと最悪の燃費を武器にした時代遅れのスポーツカーで国内外にその名を馳《は》せる自動車メーカー。風祭警部はその創業家の御曹司《おんぞうし》である。実家の財力に物をいわせたかどうかは定かではないが、三十二歳の若さで警部の肩書きを持つ国立署きってのエリート刑事。残念ながら宝生麗子にとっては直属の上司である。

一方ここだけの話だが、麗子の父親、宝生清太郎《せいたろう》は巨大複合企業『宝生グループ』の総帥《そうすい》である。その気になれば『風祭モータース』程度の会社は今日のうちに買収して、明日から『宝生モータース』にしてしまえるほどの財力を有する。要は格が違うのだ。とはいえ、麗子は風祭警部よりも遥《はる》かに控えめな振る舞いを心得た人間であるから、殺人現場で上流階級の匂《にお》いを撒《ま》き散らすような真似《まね》はけっしてしない。バーバリーのブラックスーツを地味に着こなし、アルマーニのダテ眼鏡で華やかな美貌《びぼう》を隠し、ブルーノ・フリゾーニのパンプスで殺人現場を闊歩《かっぽ》する彼女の姿を見て、よもや巨大財閥のお嬢様であるなどと見抜く者はいないはずである（多少の違和感を抱《いだ》く捜査員は若干名《じゃっかんめい》いたとしてもだ）。

そんな麗子と風祭警部との間でまず検討されたことは、当然のことながら「なぜ被害者は裸なのか」という疑問だった。

「被害者は自分で服を脱いだのでしょうか。それとも、犯人が脱がせたんでしょうか」

「そりゃあ、もちろん犯人が殺してから脱がせたものだろう。被害者が自分で服を脱いで、その直後に額を割られて絶命した、なんて場面はちょっと想像できないな」

「犯人は脱がせた衣服をどうしたんでしょう？　目に付く場所には見当たりませんが」

「じゃあ、目に付かない場所に丸めてあるんじゃないかな」

風祭警部はそういいながら、手袋をはめた手で部屋のクローゼットを開け放った。ハンガーに吊《つ》るされたたくさんのスーツが目に入る。いずれも紺やグレーの地味目のものだが、クリーニングに出したばかりのようにパリッとしている。他はシャツ類、チノパンやジーンズなど、ありふれた若者の衣服が雑然とした状態で仕舞《しま》ってある。

「死の直前、被害者がどんな服を着ていたか、それが判らないと捜しようがないな」

それから二人は洗濯籠《かご》や洗濯機の中も覗いてみたが、そこは空っぽ。汚れた下着やワイシャツ、靴下などはどこにもない。

「犯人は被害者の衣服を脱がせて持ち去った。その可能性が高いな」

「しかし犯人はなぜそんな真似を？」

麗子の問いに、警部はただ「判らない」と答え、玄関へと向かった。小さな靴脱ぎスペースには運動靴とサンダルが一足ずつ。そしてシューズラックには通勤用らしい革靴が並んでいる。小柄な被害者らしく靴のサイズは小ぶりだが、特に変わった点はない。

ひと通り現場を見て回った風祭警部だったが、結局全裸死体の謎《なぞ》に対する有力な答えを示すことはできなかった。警部は全裸死体の謎をいったん脇《わき》に置いて、命令を下した。

「第一発見者を呼んでくれ。死体発見時の状況を聞こうじゃないか」

担架《たんか》に載せられた全裸死体が運び出されるのと入れ替わるように、すらりとした女性が現場に姿を現す。薄いピンクのブラウスにベージュのスカートというシンプルな装い。くっきりとした目鼻だちと背中にかかる長い黒髪が印象的だ。事件の第一発見者、澤田絵里《さわだえり》。国分寺市内の某有名大学に通う二十一歳の女子大生である。

「澤田絵里さんですね。ではまず、野崎伸一さんとの御関係から伺《うかが》いましょうか」

「先日、あたしのサークルの先輩が結婚したんですが、野崎さんとはその披露宴のパーティーで初めて会ったんです。野崎さんはその先輩の遠縁だとかで。ですから、まだ知り合って一ヶ月程度でしょうか」

「なるほど。結婚披露パーティーが出会いのきっかけですか。それ以来、お付き合いを？」

澤田絵里は警部の言葉に無言で頷《うなず》き、それから死体発見時の状況について語った。

その話によれば、彼女が野崎の部屋を訪れたのは今朝の十時ごろのこと。彼女の買い物に野崎が付き合うという、そんな約束がしてあったそうだ。ところがチャイムを鳴らしても返事がない。きっとコンビニにでも出かけているのだろうと軽く考えた澤田絵里は、部屋に入って待つことにした。玄関の扉に鍵《かぎ》は掛かっていなかったという。

「……ところが、部屋に足を踏み入れた瞬間、床に転がった野崎さんの身体が目に飛び込んできて……あたしびっくりして思わず悲鳴を……」

「無理もありませんね。ところで、びっくりしたのは野崎さんが亡くなっていたから？ それとも彼が全裸だったから？ どちらなんでしょうか」

風祭警部のわりとどうでもいいような質問に、澤田絵里は真剣に答えた。

「最初は裸に驚いて悲鳴をあげたんだと思います。死んでいると判ったのは、その後のことですから。──ええ、もちろんすぐに一一〇番通報しました」

「ちなみにお聞きしますが、野崎さんの裸を見たのは、今回が初めて？」

おいおい、と麗子は慌《あわ》てて警部を睨《にら》む。妙齢《みょうれい》の女性に対してその質問は『あなたは被害者と肉体関係がありましたか』と尋ねているに等しい。遠慮のなさすぎる上司に麗子はハラハラしたが、澤田絵里はアッサリ「ありますよ」と答えて、なぜかバッグの中から定期入れを取り出した。そこにはバスの定期券とともに一枚の写真が収められていた。

水着姿で微笑《ほほえ》んでいる男女のバストショット。澤田絵里と野崎伸一だ。一緒に海にいった際の海水浴場でのひとコマらしい。

「なるほど。これも裸には違いないですね」警部はガッカリしたように呟き、定期入れを彼女に返した。「あなたが死体を発見したとき、野崎さんは裸だった。それを見て、あなたはどう思われました？」

「そうですね……野崎さんはお風呂に入ろうと裸になったところで、なにか事故にでも遭《あ》ったんじゃないか。だから裸なんじゃないか。そう思いました」

「なるほど。確かにそういうふうにも見える状況ですね。――ところで、昨夜の午後八時前後、あなたはどこでなにを？」

昨夜の午後八時前後というのは、検視に立ち会った医者が導き出した被害者の死亡推定時刻である。要するに警部は、澤田絵里を疑っているのだ。

「午後八時なら、自分の部屋でテレビを見ていました。ひとり暮らしだからアリバイなんてありません。だけど、誓ってあたしは無実です。だいたい、なんであたしが野崎さんを殺さなくちゃいけないんですか」

「いえいえ、これはあくまでも形式的な捜査ですので……ん、どうした？」

リビングにひとりの捜査員が現れたのをきっかけに、警部は話を中断する。捜査員は警部に耳打ち。風祭警部は小さく頷くと、「すぐにその人物をこの場に連れてくるように」と命じた。どうやら新しい証言者が現れたらしい。

澤田絵里と入れ違いにリビングに現れたのは、歳のころ三十代と思《おぼ》しき男性で、手にはなぜか木刀を握り締めていた。といっても殺人現場で警官相手に乱闘騒ぎをやらかすつもりはないらしい。聞けば、昨夜ギックリ腰を発症したそうで、木刀は杖代わりなのだとか。

「でも、まさにこのギックリ腰のお陰で、わたしは昨夜、野崎さんと偶然すれ違ったんです」

宮下弘明と名乗るこの男は、昨夜エレベーターから降りてくる野崎伸一と偶然出くわしたのだという。彼の話によれば、野崎は茶色いスーツ姿で、傍らには若い女性を連れていたらしい。有力な情報を得た風祭警部は指を鳴らし、麗子に耳打ちした。

「被害者のクローゼットに茶色のスーツはなかった。やはり犯人が持ち去ったんだ」

「とすると、被害者が連れていた若い女性というのが真犯人でしょうか」

「いや、決め付けるのはまだ早いよ」警部は再び宮下のほうを向き確認した。「あなたが野崎さんとすれ違ったのは、何時ごろでしたか」

「さあ、時計を見たわけじゃないから正確な時刻までは……あ、だけどギックリ腰をやったのは、午後八時の数分前です」

「八時の数分前ですって！」それは死亡推定時刻とほぼ一致する時刻だ。

「ええ、間違いないですよ。ちょうど阪神の新井がレフトのポール際に満塁ホームランを打ち込んだ瞬間でしたから」

「ああ、あの場面ですか」と風祭警部は小さく頷くと、哀れむような視線を目の前の阪神ファンに向けた。「申し上げにくいんですが、宮下さん、あのポール際の打球はホームランじゃなくて大ファール。新井は結局ショートゴロで、試合は阪神のボロ敗《ま》けでした」

「な、なんですって！　ほ、本当ですか、警部さん！　嘘《うそ》でしょ！　嘘ですよね！」

宮下にとっては殺人事件よりも遥かに大きな驚きだったらしい。彼はギックリ腰を発症して以来、テレビも新聞も見ておらず、阪神が勝ったつもりでいたそうだ。

「誠にお気の毒ですが――ま、それはそれとして、被害者の死亡推定時刻は午後八時前後。とすると、あなたはどうやら殺害される直前の野崎伸一とすれ違ったようです。ならば、そのとき彼と一緒にいた女性が犯人である確率は、やはり相当高い」

そして警部は麗子のほうを向くと、再び耳打ちした。

「澤田絵里を、ここに連れてくるんだ」

どうやら警部は、野崎が連れていた若い女性＝澤田絵里だと短絡《たんらく》しているらしい。麗子はむしろ澤田絵里以外の誰かである可能性が高いと感じたが、いちおう確認しておく必要はある。さっそく麗子は澤田絵里を再び部屋に招き入れ、宮下弘明の前に彼女を立たせた。訳が判らない様子で不安そうに視線を泳がせる澤田絵里。そんな彼女をよそに、風祭警部は単刀直入に尋ねる。

「宮下さん、昨夜あなたが見た若い女性というのは、この人ですか。この人ですよね」

ほとんど誘導尋問だ。すると、宮下は痛む腰をピンとまっすぐにして、彼女の隣に立った。そして、自分の身長と彼女の頭のてっぺんを比較しながら、こういった。

「君、百六十センチぐらいあるよね。たぶん、野崎さんと同じくらいの背丈だ」

澤田絵里は、「そうです」と頷く。それを聞くなり、宮下は刑事たちの前で断言した。

「だったら、この娘じゃありません。髪の毛の長さとかは、昨日見た女性によく似てます。ええ、確かに長い黒髪の女性でした。けど、この娘は身長が高すぎます。わたしが見たのはもっと背の低い女性でしたよ。確か、その女性の頭のてっぺんが小柄な野崎さんの耳ぐらいの高さでした。ですから、身長はせいぜい百五十センチ程度でしょうか――」

3

その日の午後、麗子は風祭警部とともに車を走らせ、吉祥寺を訪れた。洒落たベトナム料理の店で食事をするためではない。この街で暮らす斉藤《さいとう》アヤという女性に会うためである。

宮下弘明の証言によって、犯人は被害者と親しい若い女性である確率が高まった。そこで刑事たちはあーでもないこーでもないと悪戦苦闘しながら野崎伸一の携帯やパソコンを調べ回したのだが、その結果、被害者と頻繁《ひんぱん》に連絡を取り合っている親密な女性の存在が次々と浮かび上がった。その数、総勢四人。ひとりはすでに聞き取りを終えた澤田絵里だが、他の三人は新しく捜査線上に登場した名前だった。斉藤アヤもそのひとりである。

そんな彼女とは中道通り亀の湯そばの老朽木造アパートで会うことができた。着古したTシャツにデニムの短パン姿で玄関先に現れた彼女は、寝不足なのか赤い目をしていた。

「警察が、このあたしになんの用だい。ここ最近は悪いことは、いっさいしてないよ」

少し前には悪いことをしていたかのような口ぶり。攻撃的な性格も殺人犯にはうってつけだ。さっそく麗子は彼女に野崎伸一の死を伝え、その反応を見る。彼女は激しいショックを受けた様子だった。その悲しげな表情は演技とは思えないものだったが、そんな彼女に現在の職業を聞くと、「深夜にコンビニでバイトしながら、役者目指して演技の勉強中」とのことなので、やっぱりこれは演技なのかもしれない、と麗子は警戒を強めた。

しかし一方の風祭警部は斉藤アヤの容姿を一瞥《いちべつ》した瞬間から、明らかに彼女に対する関心を失っていた。なぜなら、斉藤アヤは百七十センチほどもあろうかという長身。おまけに髪の毛の長さは男の子かと見紛《みまが》うほどのベリーショートだ。宮下の目撃した容疑者の特徴には、まったく当てはまらない女性である。

そんなわけで早々とやる気を失った警部に代わって、麗子が質問する。

「野崎さんとあなたとの御関係は？」

「シンちゃんとあたしとは幼馴染《おさななじみ》さ。同じ幼稚園に通ってたんだ。いまでも、ときどき会って一緒に飯食ったりする仲だ。つい先週も二人で飲んだばかりなのによ……」

「昨夜の午後八時前後、あなたはどこでなにをしていましたか」

「午後八時ならバイトに出る前だな。この部屋にひとりでいた。なんだよ、あたしのこと疑ってんのかい。見当違いだよ。あたしとシンちゃんは惚《ほ》れた腫《は》れたの仲じゃねえんだ」

「では、野崎さんとお付き合いしていた女性に、心当たりはありませんか。例えば、身長百五十センチぐらいで、髪の長い女性とか」

「な……シンちゃんと付き合ってた女って……んなもん、いるわけねえだろ！　あんなちっこい奴《やつ》、相手にする女はあたしくらいのもんさ」斉藤アヤは親指で誇らしげに自分の胸を示し、それからやっぱり気になるらしく聞いてきた。「で、誰なんだよ、その百五十センチの女って？」

「さあ。少なくともあなたでないことは確かみたいです」麗子は相手の長身を見上げながら、話題を転じた。「実は野崎さんは全裸で殺されていたんです。犯人に服を脱がされたんですね。なぜ犯人がそんな行動を取るか、その理由に心当たりはありませんか」

事件の本質に関わる真剣な質問に、斉藤アヤもまた彼女なりの真剣な顔で答えた。

「判んねえけど、スカート捲《めく》りの腹いせじゃねえか」

聞けば、幼稚園時代、斉藤アヤはスカートを捲られた腹いせに、野崎伸一（当時四歳）の服を脱がせてスッポンポンにした前科があるらしい。なるほど、全裸から連想するイメージも各人各様というわけだ。結局、これといった収穫のないまま、麗子たちは斉藤アヤのアパートを辞去した。

次に二人の刑事は、世田谷に住む代議士黛弘蔵《まゆずみこうぞう》の邸宅を訪れた。といっても政治家に用はない。そのひとり娘、黛香苗《かなえ》こそが、麗子たちのお目当てだった。

玄関先に現れた黛香苗は、清潔感のあるワンピース姿。色白な肌と黒目がちの眸《ひとみ》が印象的だ。華奢《きゃしゃ》な身体つきがいかにも良家のお嬢様っぽく、深窓《しんそう》の令嬢という言葉がぴったりくる。そんな彼女は、刑事たちの突然の訪問に戸惑いの表情。さらに野崎伸一の死の報《しら》せを受けて、ほっそりとした手を口に当てた。

「なんですって……野崎さんが……」動揺の色を露《あらわ》にしながらも、黛香苗は礼儀をわきまえた振る舞いで二人の刑事を応接室へと案内した。「どうぞ、こちらへ……」

黛香苗の後について廊下を進む麗子と風祭警部。二人の視線は彼女の背中に流れる豊かな黒髪に釘付《くぎづ》けになっていた。応接室に招き入れられ、黛香苗がいったん部屋を出ていくと、風祭警部はいままで我慢していた思いを一気に吐き出した。

「おい、見たか、宝生君、彼女の髪を！　長い黒髪だ！　間違いない！　彼女こそが真犯人——」

「焦らないでください、警部。宮下の証言によれば、被害者と一緒だったのは背の低い女性だったはずですよ」

「低いじゃないか。君も見ただろ。彼女は充分、背が低い。たぶん百五十センチ前後だ」

「そんなことありませんよ。いまどきの女性としたら標準的です。百六十はありますね」

「いいや、低い！」「いいえ、低くありません！」「百五十だ！」「いや、百六十です！」

水掛け論がピークに達したころ、応接室の扉が開き、お盆に紅茶を載せた黛香苗が姿を見せる。二人の刑事はソファから立ち上がり、彼女の両側から顔を突き出すようにして、いっせいに同じ質問を投げかけた。「君の身長は！」「あなたの身長は！」

「え!?」黛香苗はとりあえず紅茶の載ったお盆をテーブルに置いて、不思議そうに刑事たちを見詰めた。「最初の質問がそれですか？」

うんうん、と揃《そろ》って頷く刑事たち。黛香苗は訳が判らないといった顔つきながら、その質問に答えた。「わたしの身長は百六十センチちょうどですけど、それがなにか？」

その瞬間、麗子は「よしッ」と小さく拳《こぶし》を握り、風祭警部は「ちッ」といって指を鳴らした。

そんな奇妙な質問からはじまった聞き取りだったが、黛香苗は自分と野崎伸一との関係を澱《よど》みなく語った。二人は確かに交際中だったらしい。

「……といっても、まだお付き合いをはじめて、ほんの一ヶ月程度なんです。出会ったきっかけは、父が支援者たちを集めて開いたパーティーでした。野崎さんの会社の社長さんが、父の後援会の役員をなさっているのですが、その社長さんが急遽《きゅうきょ》参加できなくなったとかで、それで野崎さんが代理でいらっしゃったのです」

「なるほど。そのパーティーがきっかけとなって、二人は付き合うようになった」

「はい。その場でメールアドレスの交換をして、その数日後に彼のほうから食事のお誘いがありました」

その後は、週に一度くらいの割合で、二人は会っていたらしい。彼の車でドライブしたり高級レストランで食事をしたりといった、ありきたりなデートの内容が彼女の口から語られた。二人がどの程度深い関係だったのか、率直に聞いてみたい気もしたが、彼女の楚々《そそ》とした振る舞いを見るにつけ、そのような俗っぽい質問はためらわれた。代わりに麗子は、べつの質問を投げかけてみる。

「野崎さんには、あなた以外に付き合っていた女性など、いませんでしたか」

「そんな人は……いなかったと思いますけど……よく判りません」

黛香苗は不安そうな目をしながら首を振った。本当になにも知らないのか、それとも上手な芝居なのか、麗子には判断できなかった。念のため、と前置きして彼女のアリバイの有無を尋ねる。黛香苗は毅然とした口調で、こう答えた。

「昨夜の午後八時前後なら、この家にいました。父に聞いてください」

残念ながら、父親の証言では娘のアリバイは立証できない。父親が選挙を間近に控えた代議士ならば、なおさらだろう。すると、今度は風祭警部がズバリと例の問題を口にした。

「なぜ、犯人は野崎さんを裸にしたのか。あなたには、なにか心当たりがありますか」

「裸ですか……さあ」

黛香苗は小さく首を振り、すぐに顔を上げた。「ひょっとして野崎さんに他の女性がいたとしたなら、野崎さんはその女性と二人でセッ……いえ……」

頬《ほお》を赤らめ俯《うつむ》く令嬢に、風祭警部のサディスティックな視線が投げかけられる。

「なんですか？　はっきりおっしゃってください！」

全裸殺人という事件の性格上だろうか。今回の風祭警部はいつになくセクハラ・モード全開になっているようだ。警部の魂胆《こんたん》を見透《みす》かした麗子は、「ゴホン」とひとつ咳《せき》ばらい。それから悪い狼《おおかみ》にいじめられて困っている、か弱い子羊に助け舟を出す。

「性行為ですね。野崎さんは女性との性的な行為の最中に殺害された。だから裸だった。そういうお考えですね？」

「はいッ、それです！　わたしがいいたかったのは、そのことなんですッ」

よほど嬉《うれ》しかったのか、黛香苗は拝むように両手を合わせて麗子の言葉に頷いた。麗子の隣で風祭警部は、つまらなそうに鼻から息を吐いた。

黛香苗の聞き取りを終えて、刑事たちは黛邸を辞去した。車に乗り込みながら、風祭警部はいまさらのように落胆の言葉を口にした。

「惜しいな。黛香苗の身長があと十センチほど低ければ、宮下の証言とピッタリ一致するのに。なんらかの方法で一時的に背を低くする方法とか――宝生君、知らないか」

「無茶ですよ、警部。ヒールの高い靴を履けば十センチ近く背を高くすることは可能ですけどね。逆は不可能です」

背を低くする方法は、いまのところまだ発見されていない。

「とにかく次、いってみましょう」麗子は助手席で手帳を捲る。「被害者にとって、四人目の女友達。名前は森野千鶴《もりのちづる》です。被害者の勤める『三友生命』の秘書課の同僚だそうですよ」

「秘書さんか。しかし、なんだなあ、野崎伸一という男、ずいぶんモテモテみたいだな。なにか裏があるんじゃないか。僕と比べて家柄も財産も顔も身長も見劣りのするあの男が、そんなにモテていいはずがない。そう思うだろ、宝生君？」

「…………」

どう答えろってゆーのよ！

結局、上司の問いに対するうまい答えを見出《みいだ》せないまま数十分。麗子は警部の運転する車で『三友生命』の本社にたどり着いた。新宿のオフィス街に建つ高層ビルだ。受付で秘書課の森野千鶴との面会を求める。すでに秘書課社員殺害のニュースは社内に知れ渡っているらしい。二人はすぐさま七階の応接室に通されて、容疑者の登場を待った。

「お待たせいたしました」

入口で几帳面《きちょうめん》にお辞儀した森野千鶴は、濃紺のスーツをきっちりと着こなしたスマートな女性だった。目鼻立ちは派手ではないが、充分に美人の部類に入るだろう。髪は黒。一見したところ短めに見えるが、実際は長い髪を丁寧《ていねい》に結い上げて頭の後ろで留めてある。身長はごく普通か。いや、ヒールのある靴を履いていることを考慮すれば、むしろ背は低いほうだ。ちょうど百五十センチぐらいか。まさしく、宮下の証言とピッタリ一致する。

風祭警部は理想の女性に出会えた喜びを露にしながら——つまり、ちょっと気持ち悪いぐらいにニヤけた顔つきになりながら彼女に歩み寄った。

「なるほど、あなたが森野さんですね。ふむふむ、ちょっとくるりと回っていただいてよろしいですか。ふむ、なるほどなるほど。髪形は普段から、アップにされている？　ははあ、仕事用ですか。秘書さんですものね。では、仕事が終われば、その髪は解《ほど》くわけだ。さぞかし長くて美しい髪なんでしょうね」

「はあ、どちらかといえば長いほうですが——あの、なにをなさってるんですか」

怪訝《けげん》な顔つきの森野千鶴をよそに、警部は不躾にも彼女の頭のてっぺんに手を当てて、自分の身長と比べている。やがて警部は満足したように頷くと、「百五十！」と呟きながら自分の席に戻った。麗子は警部を無視して、森野千鶴に野崎との関係を問いただす。

「単なる同僚という以上の関係だったのではないか、と推察しているのですが」

「おっしゃるとおりです。わたしは野崎さんとお付き合いをしておりました。秘書課に配属されてすぐ付き合うようになりましたから、もう三年ほどになります。きっかけですか？　特にこれといったものはありません。同じ職場で毎日顔を合わせているうちに、わたしのほうから好きになったんです。彼はわたしの一年先輩で、仕事ができる人でしたし、わたしも彼からはいろいろと教わる点が多かったものですから」

教わる点の多くない先輩を持つ麗子としては、彼女の言葉がうらやましい。

「野崎氏には、あなた以外にもお付き合いしていた女性がいたようですが」

「そんな馬鹿な！　刑事さんは、野崎さんが二股《ふたまた》をかけていたというんですか」

「いえ……」二股じゃなくて四股です――そんなふうにいったなら、森野千鶴は卒倒するかもしれないな、と麗子は思った。だが、付き合いの程度に差はあるにしても、野崎伸一が四人の女性と順繰りに会っていたことは紛れもない事実だ。森野千鶴は三年間も彼と付き合っていながら本当になにも気がつかなかったのだろうか。いや、むしろ彼の不貞《ふてい》に気がついた森野千鶴が、怒りのあまり彼を灰皿で殴り殺したのではないか。二股の恨みは、殺人の充分な動機になり得る。四股なら、さらに倍だ。

「ちなみに」といって麗子はお馴染みの質問。「昨夜の八時前後には、どちらに？」

森野千鶴は「自宅にいました」と答えた。彼女は都心のワンルームマンションでひとり暮らし。彼女のアリバイを証明する者は誰もいない。

最後に、風祭警部が例の問題――なぜ被害者は全裸で殺されていたのか――について意見を求めると、森野千鶴はしばらく考えてから、こんなことをいった。

「犯人は野崎さんを裸にしたかったわけではなくて、ただ彼の着ている服、そのものに用があったんじゃないでしょうか。彼の着ている服が犯人にとって特別に値打ちのあるものだった。だから服を脱がせて奪った。そう考えられませんか」

「なるほど、面白い意見です。では伺いますが、野崎さんが会社で着ていた背広などは、なにか特別な値打ちのあるものでしたか。例えば海外の有名ブランド品――クリスチャン・ディオールとかジバンシィとか。ちなみにわたしのスーツはアルマーニですが」

「いいえ、彼の洋服は大抵、アオヤマとかコナカとかで買ったものです」

その答えを聞いて、風祭警部は大袈裟《おおげさ》に肩をすくめて見せた。

「では、わざわざ脱がせて奪うほどのものではありませんね」

警部は紳士服量販店を敵に回すような言葉を口にして、森野千鶴からの聞き取りを終えた。

「これでハッキリした。身長百五十センチ、長くて美しい黒髪の持ち主——」風祭警部は軽快なハンドル捌《さば》きで車を国分寺方面へと向けながら断言した。「犯人は森野千鶴だ。間違いない。そうだろ、宝生君！」

「…………」

残念ながら風祭警部の『間違いない』は、大抵の場合『間違っている』。助手席に座る麗子は不安でいっぱいになった。本当にあの秘書課の彼女が、野崎殺しの犯人なのか。

「仮に森野千鶴が犯人だとした場合、なぜ彼女は野崎の服を脱がせて全裸にしたのでしょうか。そんなことをする理由がないと思いますが」

「その点は、黛香苗の見解が、意外と正鵠《せいこく》を射ているような気がする。つまり、二人が男女の行為に及ぼうとする直前、もしくはその最中に悲劇は起こった。おおかた野崎が行為に夢中になるあまり森野千鶴の名前を呼び間違えたんだろう。絵里とかアヤとか香苗とかいうふうにな。二股掛ける男は、大抵そこでしくじる。間違いない」

「なるほど。さすが警部、非常に説得力のある意見ですが——ひょっとして実体験？」

「そんなんじゃあない！」警部はなにかを必死に誤魔化《ごまか》すように声を荒らげた。「よし、こうなったら一刻も早く国分寺に戻るぞ。犯行現場に森野千鶴の痕跡《こんせき》を探すんだ」

風祭警部はアクセルをぐっと踏みしめて車の速度を上げた。

やがて『ハイツ武蔵野』に舞い戻った刑事たちは、すぐさまエレベーターで五階へ。しかし現場の一室を目指してカギ形の廊下を曲がった瞬間、意外な障害が二人の前に立ちはだかった——「ぶ！」

風祭警部は突然目の前に現れた巨大な肉の壁に弾《はじ》き返されて、廊下に転がった。危うく難を逃れた麗子は、警部を撥《は》ね飛ばした巨体を見上げた。ずば抜けた体格の若い男だ。浴衣《ゆかた》を着て両国界隈《りょうごくかいわい》を歩けば、かなり上位の関取に間違われるはずだ。

「誰です、あなた？　このフロアーの住人？　午前中には見かけなかったけれど」

「そうだけど。あんたたちこそ、いったい何者だ。あ、ひょっとして刑事さんか。聞いたぜ、五〇四号室で殺人事件だってな。俺もいま起きたばっかりで、驚いてたところなんだ」

男はどんぐりのような丸い目に好奇心を漲《みなぎ》らせている。風祭警部は高級スーツの尻《しり》のあたりをパンパンと叩《たた》きながら起き上がり、目の前の男に恨みがましい視線を向け

ると、

「こんな時間に起きだすなんて怪しい奴だ。――名前と職業は？」

と、ぶっ飛ばされた腹いせのように職務質問をはじめた。職権乱用も甚《はなは》だしい。

だが男は嫌がりもせず素直に答えた。杉原聡《すぎはらさとし》。職業はミステリ作家だという。

へえ、ミステリ作家かあ、いったいどんな作品を書いている人なんだろう。有名な人なのかしら、と麗子は興味を感じたが、風祭警部はそもそも嫌がらせで質問しているだけだから、そんなことはなにも聞かない。ただ、犯罪者に対するような威圧的な態度で、

「五〇四号室の住人と面識はあるか？　最近会ったことは？」

と、一方的な尋問《じんもん》口調。すると杉原聡の口から飛び出したのは、意外な答えだった。

「五〇四号室の住人かどうかは知らないけれど、奇妙な若い女とすれ違ったぜ」

警部と麗子は思わず互いに顔を見合わせた。「若い女と？」「すれ違った？」

「ああ、そうだ。昨夜《ゆうべ》の午後八時半ごろだったかな。俺がコンビニから戻って廊下を歩いていると、五〇四号室の扉が開いて、中から若い女が出てきたんだ。太目のジーパン穿《は》いて、上はだぶだぶの長袖《ながそで》シャツっていう、だらしない恰好《かっこう》の女だった。大きな紙袋を手にしていたっけ。なんだか凄《すご》く慌てているみたいだった。それにこう、ツ

バの大きな帽子を目深《まぶか》に被《かぶ》って俯いて歩いていたから、前がよく見えてなかったらしい。もうちょっとで俺とぶつかりそうになったんだ」

「おい君、それは五〇四号室の住人じゃない！　それこそが殺人犯だ！」

時間的に見て、杉原聡がすれ違った謎の女は、いままさに現場から立ち去ろうとする犯人である確率が高い。人目を憚《はばか》るような女の仕草も、そのことを裏付けている。手にした紙袋の中身は、おそらく被害者から脱がせた衣服だ。

「顔は見たか？　髪の毛の長さは？」警部は興奮を隠しきれない。

「いや、よく見なかった。帽子が邪魔だったんだ。それにあんまりジロジロ見たら変質者と間違われるだろ」

「いいんだよ、ジロジロ見て！　変質者に間違われるぐらい、気にするな！」興奮のせいなのか警部の発言は支離滅裂《しりめつれつ》だ。「じゃあ、身長はどうだ。ぶつかるぐらいの距離ですれ違ったんだろ。女の身長はどれぐらいだった？　これぐらいか？」

そういって、警部は水平に差し出した掌《てのひら》を目の前の大男の首の下に当てた。だいたい百五十センチ程度の高さだ。これで事件はすべて解決――というように意気込んで尋ねる風祭警部。だがその目の前で、杉原聡は巨体を揺らすように首を振った。

「いいや、そんなに背の低い女じゃなかったな。あの女、俺のこのへんまであったはずだ」

そういって、男は水平にした掌を自分の顔の真ん中あたりに当てた。一瞬、唖然《あぜん》としたように警部の表情が凍りつく。杉原聡の示した高さは、警部の示した水準より二十センチほども上。すなわち百七十センチのレベルだった。女性としてはかなりの長身だ。

この事件の容疑者たちの中で、それほどの長身を誇る女性はひとりしかいない。被害者の幼馴染にして、役者志望のフリーター。風祭警部は、臆面《おくめん》もなく彼女の名前を叫んだ。

「斉藤アヤ――やっぱりあいつだったんだな！　思ったとおりだ！　思ってなかったくせに……」

5

「……というわけで、風祭警部は斉藤アヤが犯人だというんだけれど、どうなのかしら。確かに、杉原聡が見た背の高い女は斉藤アヤかもしれない。だからといって、必ずしも彼女が野崎伸一殺害犯ということにはならないわ。事件の直後に、偶然斉藤アヤが被害者の部屋を訪れ、死体を発見して恐くなって逃げただけなのかもしれない。手にしていた紙袋の中身は彼女自身の荷物——そういう可能性だってあるでしょ?」

麗子が同意を求めると、彼女の傍らに影のように佇《たたず》む長身の男が、わずかに腰を折る。そして男は、それが彼にとって唯一与えられた台詞《せりふ》であるかのように、澱みなく答えた。

「はい。お嬢様のおっしゃるとおりでございます」

広大すぎて正確な部屋数は誰にも判らないと噂される宝生邸。その数ある大広間の中のひとつ。北欧から取り寄せた高級ソファに身を沈めながら、麗子は今日の事件について影山《かげやま》に語っていた。

ちなみに影山はこの屋敷の執事。麗子にとっては単なる使用人に過ぎないのだが、彼女よりよっぽど犯罪捜査向きの頭脳を持っている。警察が持て余す難事件について、話を聞いただけでアッサリ解決してしまうこと度々《たびたび》。麗子にとって実に役立つ、と同時に実に不愉快極まりない男でもある。

「それに宮下弘明の証言があるわ。被害者と一緒にエレベーターから降りてきた背の低い若い女。こっちの女は身長や髪の長さから考えて、森野千鶴かもしれない。でも、彼女が犯人だと決め付ける根拠も、やっぱりないのよねえ」

要するに斉藤アヤと森野千鶴、二人とも同じ程度に疑わしい状況なのだ。決め手になるものがない。溜《た》め息《いき》とともに話を終えた麗子の傍らで、影山は恭《うやうや》しく頭を下げた。

「なるほど。事件のあらましはよく判りました。お嬢様におかれましては、さぞかしお悩みのことでございましょう。ご心労《しんろう》のほど、お察しいたします」そして執事は銀縁眼鏡の奥から、問いかけるような視線を麗子に向けて、ひと言。「――んで？」

「んで⁉」意外な反応に、麗子はソファで背筋を伸ばす。「いや、『んで』って……」

「んで――わたくしに謎を解けと？　お嬢様が――プロの刑事であらせられるお嬢様が、この一介《いっかい》の執事に過ぎないわたくしに殺人事件の謎を解けと？　本気でございますか？」

「はッ」麗子は催眠から覚めたような気分で、ソファから立ち上がった。

なんということだ、宝生麗子！　難事件に頭を悩ませるあまり、刑事としての面子《メンツ》もお嬢様としてのプライドも忘れ去ったか！　よりにもよって自らこの男の知恵を頼ろうとするとは！

麗子はなんとか威厳《いげん》のある表情を取り繕《つくろ》い、半回転して影山に向き直ると、「冗談じゃないわよ！」精一杯強がるポーズで言い放った。「なんであたしがズブの素人《しろうと》の力を借りるわけ？　あたしはただ、あなたが聞きたがるだろうと思って話をしてあげただけよ。当たり前じゃないの。こんぐらいの謎、自分で解けるわよ！」

「それを聞いて安心いたしました。実は、わたくし密《ひそ》かに心配しておりました。わたくしがお嬢様の事件に首を突っ込むようになって以降、せっかくの難事件をわたくしひとりの力で解決に導くこと度々。結果、お嬢様はいらない存在になりつつありました――」

おいこら、そこまでいうか、この暴言執事！　麗子は怒りのあまり、こめかみをピクピク震わせながら、影山の顔を真正面から指差した。

「判ったわよ。あたしが解決すればいいんでしょ。なーに、簡単よ、こんな事件。現場付近で怪しい女性が二人も目撃されているんだもの。二人のうちのどちらかが犯人であることは間違いない。事件解決は、もう目の前だわ」

なにせ、答えは二つにひとつ。目を瞑《つむ》って答えたって、二回に一回は当たる計算だ。

「ふん、影山のほうこそ、今回はいらない存在みたいね」

麗子は目を瞑って斉藤アヤと森野千鶴の二人の顔を思い浮かべながら、ど・ち・ら・に・し・よ・う・か・な……と、ヤマカン頼みの思索《しさく》にふける。

だが、一瞬の静寂の後、執事影山の容赦《ようしゃ》ない暴言が再び麗子を襲った。

「失礼ながらお嬢様、やはりしばらくの間、引っ込んでいてくださいますか」

麗子は咄嗟《とっさ》に投げるものを探した。マイセンのティーカップ、古伊万里《こいまり》の花瓶、スイス製の置時計――無礼者の執事にお見舞いしてやるには、いずれも少し高級すぎる。仕方がないので麗子は高級じゃない言葉を選んで、影山の顔目掛《めが》けて投げつけてやった。

「引っ込んでろ、とはなによ！　そういうあんたのほうこそ引っ込んでろっつーの！」

影山は飛んでくる言葉の礫《つぶて》を避けるように顔を揺らしながら、「無礼な物言いにつきましては、お詫《わ》びいたします」と丁寧《ていねい》な謝罪の言葉。「しかしながら、わたくしといたしましては、お嬢様のせいで新たな冤罪《えんざい》事件が増えますのを、黙って見過ごすわけにはまいりません」

「冤罪とはなによ！　あたしのヤマカン――いや、あたしの推理が当たらないっていうの？　そうとは限らないでしょ。なにしろ確率は二分の一なんだし――」

「さあ、そこが問題でございます。どうやらお嬢様は、現場付近で目撃された二人の女性のうち、どちらか片方が真犯人とお考えの御様子。ですが、わたくしはそうは思いません」

「なんですって。じゃあ影山は、二人の女がどちらも犯人じゃないっていいたいわけ？」

「いいえ、その逆でございます。二人の女性は両方とも犯人だと思われます」

「両方とも犯人……あ、そうか！」麗子の脳裏《のうり》に閃《ひらめ》くものがあった。「判ったわ。二人は共犯ってことね！」

謎の女性二人が共犯関係にある。確かにそれは一考《いっこう》に値する意見だ。

「そうよね。例えば、宮下弘明が目撃した小柄な女性が殺人の実行犯で、杉原聡が目撃した背の高い女性が被害者の衣服を持ち去った。そんな連係《れんけい》プレーは充分考えられるわね」

新たな可能性に、麗子は目を開かれる思い。だが、影山は静かに首を振った。

「いいえ、お嬢様。わたくしがいっているのは、共犯のことではございません」

「え、違うの!? じゃあ、いったいなんなのよ」

いよいよ訳が判らなくなった麗子に、影山は彼独自の意外な見解を示した。

「わたくしが思いますに、目撃された二人の女性は同一人物でございます」

麗子は黙ったまま彼の目を覗き込む。べつに冗談をいってるわけではなさそうだ。

そのことを確認した麗子は、噛《か》んで含めるような口調で、影山の矛盾点《むじゅんてん》を指摘した。

「昨夜、午後八時に宮下弘明が目撃した謎の女は身長百五十センチ程度と思われる小柄な女性。一方、その三十分後に杉原聡が目撃した女は身長百七十センチはあろうかという長身だった。この二人が同一人物だっていうの？」

「さようでございます」影山は当然とばかりに頭を下げる。

　麗子はなんだか、からかわれているような気分になって、「んなわけあるか！」と思わず叫ぶ。「だって、あり得ないわ。たった三十分の間に、百五十センチの女が急に二十センチも背が伸びて百七十センチに成長したとでもいうの？」

　しかし影山は麗子の問いには答えずに、淡々と自分のペースで話を進めた。

「そもそも疑問に思うべきは、宮下弘明の証言でございます。ギックリ腰を発症し、杖を突いて前かがみで歩かざるを得ない、そんな不自然な体勢をとっている宮下に、なぜ見知らぬ女性の身長が正確に百五十センチと断定できたのでございましょう」

「あら、それは不思議でもなんでもないわ。宮下は野崎との比較で女の身長を測ったのよ。野崎の隣に住む宮下は、野崎の身長が百六十センチ程度だということを知っている。そして謎の女の身長は、その野崎の耳ぐらいの高さだった。だから百五十センチ程度と判断した。宮下本人がそういっていたわ。べつにおかしくないでしょ」

「確かに、おかしくはございません。しかしながら――」影山はレンズの奥から鋭い視線を麗子に投げかけた。「そのときの野崎の身長は、本当に百六十センチだったのでございましょうか？　もし、そのときの野崎の身長が百七十センチほどあったとしたら、いかがでしょうか？」

「い、いかがもなにも、そんなわけないじゃない！　野崎の身長が急に十センチも伸びるわけが……」

「おや、お嬢様」影山は眼鏡の縁《ふち》を軽く持ち上げながら皮肉な笑みを浮かべた。「確か、お嬢様はおっしゃったはずでは？　十センチ近く背を高くすることは可能であると」

「ひょっとして、ヒールの高い靴を履けば――って話？」確かに、麗子は風祭警部の前でそういう発言をした。「馬鹿ね。それは女性の場合でしょ。野崎は男なのよ」

「しかし、男性用もございます。お嬢様もご存じでしょう。通販などでお馴染みのアレを」

通販と聞いた瞬間、麗子にもピンとくるものがあった。

「ア、アレってまさか『履くだけであなたの身長が八センチアップ！』っていうアレ？」

「はい。さすがは、お嬢様」影山は感服したように頭《こうべ》をたれて、その重要アイテムの名前を口にした。「ご存じ、シークレットシューズでございます」

シークレットシューズ。通常の靴よりも踵の部分が分厚くなった、悩める男性のためのハイヒール。名前はシークレットだが、その存在は誰もが知っている、まさに公然の秘密ともいうべき魔法の靴だ。

「そういえば、そういう便利グッズがあったわね……」犯罪とは無縁と思われる意外なアイテムの登場に、麗子は当惑《とうわく》を隠せない。「でも、待って。確かアレは二十世紀の終焉《しゅうえん》とともに、この世から絶滅したはずじゃ……」

「いいえ、お嬢様。二十一世紀になろうとも、この世の中に背の低いことで悩む男性がいる限り、そして背の高い男性に無闇《むやみ》な憧《あこが》れを抱く女性がいる限り、シークレットシューズが消えてなくなることはありません。シークレットシューズは永久に不滅でございます」

「そ、そうね。そうかもしれないわね。実際、野崎は背の低い男性だったし。だけど証拠はあるの？　野崎がシークレットシューズの愛用者だったという証拠が」

「いいえ、証拠はございません。しかし、昨夜の彼がシークレットシューズを使用していたと考えるならば、そしてその効果で十センチ近く身長を高く見せていたと考えるならば、今回の全裸殺人事件は非常によく辻褄《つじつま》が合うのでございます」

「そうかしら。どうもよく話が見えないんだけれど」

お願いだから、わたしにも判るように説明して――という屈辱的な台詞はお嬢様のプライドが許さない。そこで麗子はべつの言い方を考えた。「お願い！　風祭警部にも判るように説明してちょうだい！」

影山は一礼してから、順を追って説明をはじめた。

「まず昨夜の野崎はシークレットシューズのお陰で十センチほど嵩上《かさあ》げして、その身長は百七十センチ近かった。これを前提に考えてまいります。野崎はこの状態で、なにをしていたか。もちろん、好きな女性と会っていたのでございましょう。そんなさなか、おそらく女性のほうが、このようなことを言い出したのではないでしょうか。『今夜、あなたのお部屋に連れてって』と」

なるほど。ありそうな要求だと麗子は思った。

「野崎は一瞬喜び、そして深く悩んだことでしょう。彼女をモノにする絶好のチャンスではあります。しかしながら、彼女を部屋に上げるということは、すなわち自分も靴を脱ぐ、ということを意味します。どうするべきか。まあ、野崎の心の中の葛藤《かっとう》についてては、ここで触れることはいたしません。要するに野崎は悩んだ挙句《あげく》、彼女を部屋に連れていくことを選択したのでございます。危険な決断ではあります。しかし彼にしてみれば、好意を持った女性を前にして、千載一遇《せんざいいちぐう》のチャンスをみすみす逃すことなど、到底できなかったのでございましょう」

判る判る、というふうに影山は頷いた。彼には判るのだろう、と麗子は思った。

「こうして、昨夜の午後八時ごろ、野崎は若い女性とともに、『ハイツ武蔵野』の五階エレベーターホールに現れます。そんな二人にギックリ腰の宮下が遭遇《そうぐう》します。このとき、宮下の腰がピンと伸びていれば、野崎の身長が普段より若干高いことに気がついたかもしれません。しかし前かがみになって杖を突いた状態の宮下は、なんら気がつくことはなく、野崎のことを普段どおりの小柄な男と信じて疑いません。そして、その野崎よりさらに小さく映る女性を、身長百五十センチと早合点してしまったのでございます」

「でも、実際には、そのときの野崎は百七十センチ近くあった。ということは、一緒にいた女性も百六十センチぐらいはあったってこと？」

「そういうことでございます」

影山の言葉とともに、麗子の脳裏からは斉藤アヤと森野千鶴の姿が消え去った。代わって第一発見者の澤田絵里と代議士の娘、黛香苗の姿が浮上する。二人はともに百六十センチ程度の背丈だ。

「ここからが今回の悲喜劇の本当のはじまりでございます。野崎はその女性を自分の部屋に招き入れ、そして彼自身もシークレットシューズを脱いで部屋に上がります。

たちまち、二人の背丈はほぼ同じになります。その瞬間、彼女の頭上には『???』。たくさんのハテナマークが点灯したことでしょう。しかし、こういう場合、男のほうはどうするかといえば、『まあ、いいじゃないの』——なし崩し的に事を進めようとしたはずでございます」

「そういうものなの、男の人って？」

「そういうものでございますよ、お嬢様」

「…………」

そうハッキリ断言されては、麗子も納得するしかない。「判ったわ。続けて」

「はい。この場面、女性のほうにしてみれば、なし崩し的に『まあ、いいか』とはいかない状況でございます。なにしろ身長百七十センチの恰好いいはずの彼が、一瞬で百六十センチの小男に変貌《へんぼう》したのです。『騙《だま》したのね！』と憤《いきどお》るのが普通の反応でございましょう。一方、男のほうは男のほうで、『背が低くてなにが悪い！』と開き直るしかありません。こうして、二人が睦《むつ》まじく愛を語り合うはずだった五〇四号室は、いまや裏切りと憎しみ、落胆とコンプレックスが入り混じった修羅場《しゅらば》と化してしまったのでございます。そして、ついに悲劇は起こりました」

「女が灰皿で男の頭を殴った。当たり所が悪くて、男は死んでしまった」

「さようでございます。まあ、事件そのものは痴話喧嘩《ちわげんか》の中で偶然起こった事故みたいなものに過ぎません。しかし殺人は殺人です。犯人の女性はすぐさま現場から立ち去ろうと考えます。するとそのとき、犯人の視界に気になるものが映ります。非常に細かいことですが、しかし見過ごせない点でもあります。お判りになりますか」

「全然ピンとこないけど……なんのこと？」

「被害者、野崎伸一の穿いているズボン、その裾《すそ》の部分でございます」

「裾!?　ズボンの裾が、どう見過ごせないっていうの？」

「はい。そのズボンはシークレットシューズの効果を最大限活《い》かすために、通常のものよりも股下《またした》が長くなっていたと思われます。つまり裾の部分にだぶつきがある。シークレットシューズを履いた状態ならば、その長い裾は厚底のシューズを隠す役目を果たします。逆にシューズを脱いだ状態ですと、余った裾は非常にみっともない感じになります。この不自然に長い裾をプロの捜査員が見た場合、彼らはどう思うでしょうか。『被害者はシークレットシューズを履いていたのではないか』そう推理する切れ者の捜査員がいないとも限りません。犯人はそのことを恐れたのでございます」

　そこまでの切れ者が国立署にいるだろうか。麗子はその点に疑問を感じたが、ま、それはともかくとして──「べつにいいんじゃないの？　野崎のシークレットシューズが捜査員にバレたとしても。そんなにマズイことかしら」

「少なくとも、いいことはございません。シークレットシューズというアイテムは、主に背の低い男性が女性にモテたいがために用いるもの。その存在は、被害者が死の直前に女と会っていたということを連想させます」

「そうかしら。会社に履いていく人も、いるんじゃないの？」

「確かにそういう人もいるでしょうが、少なくとも野崎はそうではありません。そのことは彼の部屋の玄関に並んだ他の靴を見れば判ります。シューズラックに並んだ革靴はごく普通のものでした。つまり彼のシークレットシューズは通勤用ではない。彼は会社では、普通に百六十センチの小柄な男性社員として働いていたのです。だとすれば、彼がそれを履いて会う特別な相手というのは、会社の女性ではありません。会社以外の交友関係の中の女性ということになるのでございます」

「なるほどね。野崎がシークレットシューズを履いていた、というただひとつの事実によって、容疑者の範囲は一気に狭《せば》まってしまう。それは犯人にとって都合が悪いわね」

「はい。だからこそ、犯人はシークレットシューズの存在を隠したい。その存在が捜査員の頭の中にチラリとでも浮かぶような、そんな危険もできれば避けたい。犯人はそう考えたのでしょう。そこで犯人はどのような行動に出たか――もう、お判りですね、お嬢様」

「判ったわ。犯人は被害者のズボンを脱がせたのね。長すぎる裾を隠すために」

「さすが、お嬢様、慧眼《けいがん》でいらっしゃいます」と影山は見え透いたお世辞。「しかしながら、ズボンを脱がせただけですと、かえって捜査員の注目は脱がされたズボンに集中してしまいます。捜査員はクローゼットの中のズボンを調べることでしょう。そうなれば、そこには同じように裾の長いズボンが何本か見つかるかもしれません。これでは犯人にとって、ヤブヘビになってしまいます」

「ズボンだけを脱がせるやり方では、不充分ってわけね」

「はい。そこで犯人は、死体の上半身も脱がせることにします。茶色いスーツの上着を脱がせて、ワイシャツも脱がせる。すると死体は下着姿になってしまいます。ここまできたら、もうほとんど裸のようなもの。いっそのこと下着も靴下も全部脱がせて全裸死体にしてしまえ――犯人がそのように考えたとしても不思議ではございません」

「確かに、それぐらい徹底したほうが、犯人の意図は読まれにくくなるわね」

　そして実際、犯人はそのようなやり方を選んだのだろう。かくして小柄な独身男の部屋に謎の全裸死体が出現したというわけだ。次々に明らかにされていく事件の全貌《ぜんぼう》。

その意外さに、麗子は興奮を隠しきれなかった。

「被害者を全裸にした犯人は、それからどうしたのかしら」

「犯人は被害者から脱がせた衣服を紙袋に入れて、いよいよ現場から逃走しようとします。もちろん、玄関のシークレットシューズを持ち去ることを忘れてはいけません。――と、おそらくそのとき、犯人の頭にひとつのアイデアが浮かんだのでございます」

「アイデア？」

「はい。現場からの逃走をより安全なものにするアイデア。すなわち変装でございます。といっても、ただの変装ではございません。自分の身長を一瞬で十センチ近くもアップさせる、実に効果的な変装でございます。そのための恰好のアイテムが犯人の目の前にあるのですから、これを使わない手はございません」

「そっか！　被害者の利用したシークレットシューズを、今度は犯人が利用したのね」

「はい。男女の違いはあれど、被害者も犯人もほぼ同じ身長。足のサイズもそう大きく違わなかったものと思われます。つま先に詰め物でもしておけば、女性の犯人にも充分に履くことができたでしょう。もちろん、男性用の靴を女性が履くのですから、見た目は不恰好になります。しかし裾の長いズボンを履けば、靴を目立たなくすることは可能です。そのような裾の長いズボンは、被害者のクローゼットの中にございます」

「犯人はクローゼットの中から裾の長い太目のジーンズを見つけて、それを穿いた」

「さらに男物の長袖シャツとツバのある帽子。いずれもクローゼットから拝借したものでしょう。長い髪の毛は帽子の中に隠したものと思われます。こうして変装を終えた犯人は、紙袋を持って五〇四号室を出ます。これが昨夜の午後八時半のことでございます」

「その直後、犯人は廊下の途中で杉原聡とぶつかりそうになった。なにも知らない杉原は相手を百七十センチ程度の長身の女性と勘違いした。シークレットシューズによる変装が、まさしく功を奏したってわけね」

「はい。これで、納得していただけたことでしょう。二人の目撃者、宮下と杉原は二人別々の女性を目撃したわけではございません。ただ一足のシークレットシューズが被害者と犯人の間でリレーされた結果、宮下はその女性を百五十センチと判断し、杉原は同じ女性を百七十センチと判断したのでございます。犯人の身長が急に伸びたわけではございません」

「なるほど。影山のいったとおり、二人は同一人物だったのね」

麗子は感嘆するように呻《うめ》いた。もちろん、影山の推理はあくまでも『野崎伸一がシークレットシューズを履いていたなら』という仮定の下《もと》に推し進めてきたものに過ぎない。だが、それがこうして全裸死体や二人の目撃証言と綺麗《きれい》に結びついたところをみると、やはり彼の推理は、事件の核心を突いているのだろう。影山は今回もまたその特異な能力で、見事に全裸殺人の謎を解き明かしたわけだ。彼こそは並外れた慧眼の持ち主と、麗子は舌を巻かざるを得ない。「――んで？」

「んで⁉」意外な言葉を聞いたように、影山が目を瞬《またた》かせる。「『んで？』とは、なんでございましょうか、お嬢様」

「んで――要するに野崎伸一を殺害した犯人は誰なの？　ここまで推理できてるんなら、どうせ判ってるんでしょ。ほらほら、もったいぶらずに教えなさいよ」

「ああ、お嬢様……」影山は深い落胆を示すようにゆるゆると首を振り、哀れむような視線で麗子を見据えた。「お嬢様は国立署刑事課の現職刑事のはず。少しは御自分でお考えください。そんなことだから『いらない存在』などと、馬鹿にされるのでございますよ」

「あんたが、自分でそういったんでしょーが！」

麗子は大いに不満だったが、執事ごときにこれ以上馬鹿にされてはたまらない。

「判ったわよ。いわれなくたって、自分で考えるわよ。ふん、簡単じゃない。要するに犯人は身長百六十センチ程度の若い女。つまり澤田絵里か黛香苗のどちらかに違いないわ。答えは二つにひとつじゃないの——」

そして麗子はさっそく目を瞑って、ど・ち・ら・に・し・よ・う・か・な……

「ヤマカン頼みはおやめください、お嬢様」と影山はすべてお見通しである。「澤田絵里と黛香苗、どちらが犯人かは、理詰めで考えればすぐ判ることでございます」

その理詰めというのが苦手なのだが、こうまでいわれては麗子も頭を働かせるしかない。ソファに腰を下ろして腕を組み、眉間《みけん》に皺《しわ》を刻みながら、必死で考えるフリをする。そうこうするうちに、やがて麗子の頭上にも知恵の神様が舞い降りた。そうそう、やはりポイントはシークレットシューズなのだ。

「要するにこれは、野崎伸一がシークレットシューズを履きながら付き合っていた女性はどちらか、という問題よね。二人とも出会いのきっかけはパーティー。付き合っていた期間は、ここ一ヶ月程度。その点では両者に差はないわ」

影山は表情を変えないまま、目だけで頷く。麗子は自信を持って続けた。

「けれど、澤田絵里は野崎と二人で海水浴にいっている。海水浴場で撮った写真を見せられたから、間違いないわ。その写真に足元は写っていなかったけれど、まさか野崎が砂浜でシークレットシューズを履いていたとは思えない。野崎は澤田絵里の前では、本来の自分をさらけ出していたということね。だとすれば、いまさら野崎が澤田絵里とのデートでシークレットシューズを履く意味はない。よって澤田絵里は犯人ではない」

そして麗子は、今回の事件を締めくくるように、真犯人の名を告げた。

「犯人は黛香苗よ。野崎は文字どおり背伸びをして、代議士の娘と付き合っていたのね！」

いかがかしら、わたしの推理は——麗子はおそるおそる影山の様子を窺《うかが》う。

執事はいままで口にしてきた数々の暴言など、すっかり忘れ去ったかのように微笑みを浮かべ、深々と頭を下げながら渋い低音を発した。

「お見事でございます。さすがは、お嬢様——」

第二話　アリバイをご所望でございますか

1

中央線特別快速は国分寺《こくぶんじ》駅を発車してから、わずか六分で立川駅へと到着した。

九月後半のとある土曜日の午後。立川駅周辺は大勢の買い物客と買い物しない客で大混雑。さすが中央線でいまもっとも熱い街「タチカワ」だ。実際ここ最近、中央線沿線で立川ほど急激に変貌《へんぼう》を遂《と》げた街はない。駅前は清潔になり、お洒落《しゃれ》なビルが林立し、奇妙なオブジェが異彩を放ち、そしてどこへ向かっているのかイマイチよく判《わか》らないモノレールが悠然《ゆうぜん》と頭上を走る。その光景は確かに従来の中央線の概念を覆《くつがえ》すものだ。一部では「すでに吉祥寺を超えた」ともいわれている。もっとも、吉祥寺の人たちは「超えられた」なんて微塵《みじん》も思っていないだろうが——

そんなことを思いながら、宝生麗子《ほうしょうれいこ》は駅の南口に広がるペデストリアン・デッキ（歩行者専用の空中回廊《かいろう》）を進む。黒いパンツスーツに黒縁《くろぶち》のダテ眼鏡。束ねた黒髪を揺らしながら歩くその姿は、傍《はた》から見れば地味なキャリアウーマンそのものだ。しかしながら、そんな彼女は国立《くにたち》署に勤務する正真正銘の現職刑事。買い物にきたのではなく、現在まさしく勤務の真《ま》っ只中《ただなか》にあった。

大型百貨店が並ぶ北口に比べれば、南口はまだ街の整備が進んでいない分、再開発の余地が残されている。少し奥に入れば、そこには《古い・狭い・低い》の三拍子揃《そろ》った雑居ビルが肩を並べる空間だ。麗子はペデストリアン・デッキからエスカレーターで地上に降りて、しばらく徒歩で移動。すると目の前に現れたのは、縦に細長い鉄筋五階建て。建物全体が薄汚れており、見た目は廃ビル寸前。正面に掲げられた『権《ごん》藤《どう》ビル』という看板のロゴも時代を感じさせる。

そんな権藤ビルの正面に到着するなり、麗子は腕時計を確認した。午後二時十五分。国分寺の若葉コーポを出てから、たったの十五分しか経《た》っていない。電車で移動する途中、時間をロスする場面は皆無《かいむ》だった。すなわち、この十五分という時間が若葉コーポから権藤ビルにたどり着く最短と見ていいわけだ。

麗子がそう結論付けた、そのとき――

立川の街に聞き覚えのある爆音が響く。嫌な予感を覚えて東の方角に目を向けると、そこに現れたのは明らかに速度違反の英国車――シルバーメタリック塗装を施されたジャガーだった。磨き抜かれた車体が、午後の日差しを反射して鏡のように輝く。正直、直射日光を肉眼で見るより眩《まぶ》しい。

麗子は軽いめまいを感じながら、思わず祈った。

「…………」お願い！　頼むから十メートル以上離れたところに停《と》まって！

だが願いとは裏腹に、注目度抜群のジャガーは「きぃッ！」と派手なブレーキ音をたてながら麗子の五十センチ横にピタリと停車。通行人たちの好奇の視線を浴びながら、麗子は嫌というほど晒《さら》し者の気分を味わった。

そんな中、運転席から悠然と現れたのは白いスーツ姿の若い男。その姿は居合わせた立川市民の目にどのように映っただろうか。金持ちのボンボンか、それともヤクザの若頭《わかがしら》か、まさか警察官と思う者はいないだろう。だが真実はそのまさか。彼こそは、三十二歳の若さで警部の肩書きを持つ国立署きってのエリート、風祭《かざまつり》警部である。おまけに彼はデザインの良さと燃費の悪さでお馴染《なじ》み、『風祭モータース』創業家の御曹司《おんぞうし》でもあるから、金持ちのボンボンという見方も間違いではない。結局のところ風祭警部については、《金持ちのボンボンが若頭みたいなファッションで警部をやっている》という見方が、いちばんの正解かもしれない。

そんな警部は車を降りるや否《いな》や、見せびらかすような仕草で左腕のロレックスを確認。そして自分よりも先に到着した麗子に対して、悔しげな表情を露《あらわ》にした。

「残念。このあたりの狭い道路ではジャガーの性能が発揮できないんだ。僕なりに精一杯のドライビングテクニックで時間を稼いだんだが」と、警部は無意識の自慢話を垂れ流しながら、大袈裟《おおげさ》に肩をすくめた。「ま、野暮《やぼ》な言い訳はやめよう。確かに僕の負けだよ、宝生君。約束どおり、今夜は君を最高級イタリアンに招待するとしよう」

「え!?」麗子は一瞬の戸惑《とまど》いの後、両手を胸の前でパチンと合わせて、「やったあ！わたし一度でいいから風祭警部と夕食をご一緒したかったんです――って警部！」

麗子は目の前の上司にずいと顔を近づけ、「わたしが、そんなふうに喜ぶと、お思いですか？」

「よ、喜んでくれてもいいんだよ……」いいながら警部は、麗子の気迫に後ずさり。

「そもそも、『わたしが勝ったら最高級イタリアンをご馳走《ちそう》してくださいね』――なんて約束、してませんよね！　するわけないですよね！」

「するわけないってこともないと思うが……」

「いいえ、するわけありません！」麗子はピシャリと断言して、「そもそも、わたしたちは賭《か》けをするために、国分寺から立川まで競走したんじゃありません。これはあくまでも犯罪捜査の一環。アリバイ捜査のために必要な手続き。そうですよね、警部！」

いいながら麗子は権藤ビルを指差す。

そこには数台のパトカーと警官の姿。ビルの入口に張られた立入禁止の黄色いテープは、ここが事件現場であることを告げていた――

2

立川駅南口の権藤ビルにて事件発生。宝生麗子が報《しら》せを受けて現場に急行したのは、街に人通りもまばらな早朝のことだった。アクビを嚙《か》み殺しながら黄色いテープをくぐった麗子は、階段を駆け上がってビルの三階に到着。「――遅くなりました、警部」

べつに遅くなっていないのだが、挨拶《あいさつ》代わりに詫《わ》びを入れながら上司のもとへ。すると風祭警部は爽《さわ》やかな笑顔で片手を挙げて、

「なに、僕もたったいまきたところさ」

と、まるで待ち合わせに遅れてきた恋人を優しく迎える彼氏のような態度。こんな上司に今日も一日元気いっぱい振り回されるのかと思うと、麗子は回れ右して家に帰りたい気分。だが右を向く暇さえないままに、警部の最初の指示が飛んだ。

「では、さっそく現場を拝ませてもらうとしようか。きたまえ、宝生君」

警部が踵《きびす》を返すと、麗子もすぐさま後に続く。二人は無言のまま階段を上がって、三階と四階の間にある踊り場に向かった。そこでは確かに、ひとりの女性が冷たくなって横たわっていた。似たような光景は過去にも度々《たびたび》目にしてきたが、やはり慣れる

ものではない。思わず目をそむけそうになる麗子だったが、そこに警部がいきなり質問してきた。

「宝生君、この現場を見て、なにか思いつくことはないかい？」

「え、思いつくこと……」なにかあるだろうか。麗子は慌《あわ》てて現場を観察した。

死体となった女性は見た目三十代ぐらい。中肉中背でぽっちゃりした顔をしている。髪は短く容貌は十人並み。服装も極めて地味だ。茶色い長袖《ながそで》シャツにスリムな黒のパンツ。踵《かかと》がぺったんこのパンプスも黒だ。そんな彼女の腹部には、刺されたような傷が見える。流れ出した血は、コンクリートの床に見知らぬ地図を描いている。見渡したところ、死体の傍《そば》に凶器の類《たぐい》は見当たらないから、殺人事件であることは間違いないと判るが、それ以外に思いつくことはない。麗子は素直に降参した。

「すみません、警部、特になにも思いつきませんが」

すると風祭警部は、「やれやれ仕方がないね」といいながらも、嬉《うれ》しそうな表情で、

「よく見たまえ、宝生君、死体の傍に凶器の類がないだろ。すなわちこれは――」

はい、殺人事件ですよね。――なんだ、降参して損した！

警部の中身のない話を聞き流して、麗子はさっさと死体の所持品チェックに移る。

パンツのポケットから財布と、部屋の鍵らしいものが一本見つかった。財布の中身

を検《あらた》めてみると、現金は一万二千円に小銭が少々、クレジットカードが二枚、そして運転免許証があった。

さっそく風祭警部がそれを受け取り読み上げる。「被害者の名前は菅野由美《かんのゆみ》。住所は国分寺市本町三丁目、若葉コーポ二〇二号室か——」

生年月日から導き出される被害者の年齢は三十五歳だった。

そして麗子はふと気づいた。被害者の所持品に携帯電話が見当たらない。これは変だ。犯人が持ち去ったに違いない。おそらく犯人は携帯から自分の身許《みもと》が割り出されることを恐れたのだろう。逆にいうなら、犯人は被害者と関係のある人物だ。麗子がそう推理した瞬間——

「僕の推理によれば、犯人は被害者と関係のある人物だ。なぜだと思う、宝生君？」

「…………」なぜだと思う、と聞かれても、もう答えは出ているし……

「判らないなら教えてあげよう。ポイントは携帯電話だ。犯人は携帯を盗んでいる！」

「…………」麗子は自分の考えを盗まれたような気分だった。

警部の推理を聞き流しながら、麗子にはただひとつ判らないことがある。それは、部下と同じレベルの推理を得意げに披露《ひろう》する彼が、なぜ自分の上司なのか、ということである。

現場の状況を頭に入れた麗子と風祭警部は、五階へと向かった。権藤ビルの五階は居住スペースになっており、そこにはビルのオーナーがひとりで暮らしている。権藤寛治《かんじ》、六十七歳。彼こそが今回の事件の第一発見者である。

刑事たちを自室に迎え入れた権藤寛治は、なぜか上下とも濃紺のジャージ姿。麗子たちに椅子《いす》を勧めると、さっそく死体発見時の状況を語りはじめた。

「午前六時のことだ。わたしはジョギングを日課としていて、今朝も普段どおりにジャージ姿で部屋を出た。ところが階段を下りて驚いたよ。踊り場で女が血を流して倒れていたんだ。死んでいるのはすぐ判った。いや、このビルの人間ではないよ。ビルのテナントの関係者なら、バイト君の顔までわたしは把握している。死んでいたのは全然知らない女だ。とにかく、わたしは急いで部屋に戻り一一〇番に通報した、というわけだ」

「よく判りました」風祭警部は腑《ふ》に落ちたとばかりに深々と頷《うなず》いた。「それでジャージ姿なのですね、なるほどなるほど」

ビル経営者でありながらジャージ姿、そのギャップこそが警部にとって最大の疑問点だったようだ。焦点ズレまくりの警部を黙らせるように、代わって麗子が質問した。

「昨日の夜から今朝にかけて、争うような音を耳にすることはなかったですか？」

「いや、昨日の夕方から今朝までずっと部屋にいたが、なにも気づかなかったな。もともと、このビルは夜の間ほとんど人がいないんだよ」

「このビル、各階どういった店が入っているんですか」

「一階は貴金属店、二階は整骨院、で五階がわたしの住居だ。ん、三階と四階!? 両方とも空き部屋だよ。不況のせいでかれこれ二ヶ月も空いたままさ」

権藤ビルは極めて稼働率の悪いビルらしい。三階四階が空き部屋なら、階段を利用する者も皆無だろう。都会の盲点のようなこの空間を、犯人は敢《あ》えて犯行現場に選んだのか。

質問を終えた麗子と警部は権藤寛治に礼をいって、五階の部屋を辞去した。

「おそらく、犯人はこのビルの状況を事前に充分把握《はあく》していたに違いない。その上で、犯人は携帯メールなどを使って、菅野由美をこのビルに呼び寄せた。彼女を殺害するためにだ。すなわち、これは周到に用意された計画殺人というわけだ。そうだろ、宝生君？」

特に否定すべき箇所も特に賞賛すべき箇所もない、いかにも警部らしい推理。だが、いちおうは無難な線だと思えたので、麗子は素直に頷くことにした。

「はい。警部のお考えのとおりだと思います」

やがて検視《けんし》の結果が公表された。立ち会った医師の見立てによれば、被害者の死因は出血性のショック死。凶器はナイフか包丁といった鋭利な刃物と見られた。致命傷となったのは腹部の刺し傷に違いなかったが、それ以外にも手の甲や首筋などに僅《わず》かながら擦過傷《さっかしょう》が見られた。これは被害者が犯人と争った際についた傷だと考えられた。菅野由美は無抵抗に刺されたわけではない、ということである。

死亡推定時刻は昨日の午後七時から九時までの二時間とされた。

それらの情報を得て、現場周辺では捜査員たちの聞き込みが開始された。だが地道な捜査を好まない風祭警部は、すでに立川の現場に飽きている様子。そんな彼は、まるで友人を散歩に誘うような気楽な口調でこういった。

「宝生君、国分寺にいってみようじゃないか。僕は菅野由美の部屋が見てみたいな」

3

国分寺市民の目には、ド派手な英国車を乗り回す不逞《ふてい》の輩《やから》を、パトカーが追い回しているように映ったかもしれない。だが事実は違う。風祭警部が銀のジャガーを走らせ、その直後に麗子ら普通の捜査員を乗せたパトカーが続いているのだ。見た目は同じことだが。

そのようにして国立署の一行が国分寺に到着したのは、まだ昼前のことだった。事件発生が早朝だったせいで今日は一日が長い。麗子は溜《た》め息《いき》をつきながら車を降りた。若葉コーポは古びた二階建てのアパートだった。各階二部屋の計四部屋が外廊下沿いに並ぶという単純な構造。菅野由美の部屋は階段を上がってすぐの部屋だ。

そこではすでに連絡を受けたアパートの大家が、警察の到着を待ち構えていた。白髪頭のその男性は菅野由美について聞かれると、手元の資料を捲《めく》りながら、

「勤務先は『望月《もちづき》製菓』。立川にある有名企業ですね。そこの経理課所属です。うちのアパートに暮らし始めて八年目。家賃の払いは良かったですよ」と澱《よど》みなく答えた後、「でも、顔は覚えていませんね。入居したときに一度会ったぐらいで」と困惑した顔。

菅野由美にまつわるすべての情報は、契約更新の際に交わした書類や通帳の入金記録に基づくもので、普段付き合いがあるというわけではないらしい。

そんな大家に鍵を開けてもらい、捜査員たちは被害者の部屋に足を踏み入れた。三

畳ほどの台所と六畳間、ユニットバスと小さなベランダで構成された単身者用の部屋だった。小さなテレビと簡素なベッド、パソコンデスクや本棚が目に付く程度で、家具は多くない。お陰で部屋はスッキリとしているが、独身女性の部屋にしては華やかさに欠ける印象だ。

そんな中、部屋の様子を一瞥《いちべつ》した警部は、次の瞬間、早々と快哉《かいさい》を叫んだ。

「おお、見たまえ、宝生君」警部は本棚の上に飾られた写真立てに手を伸ばした。「これは、被害者の彼氏じゃないか？」

「確かに、そのようですね」

渡された写真立てを見詰めながら、麗子も頷くしかなかった。

写真の中では、生前の菅野由美が同年代くらいの男性と顔を寄せ合っていた。華やかなピンクの服を着た彼女。その表情には運転免許証の写真とは比べ物にならない、輝くような笑顔がある。一方、男性のほうはなかなかの二枚目だ。日焼けした肌に、彫りの深い顔立ち。着ている服のセンスも悪くない。だが、笑みを浮かべるその表情の中に若干《じゃっかん》の翳《かげ》りのようなものを感じて、麗子の胸は騒いだ――いや、待て待て、宝生麗子！　印象で決め付けるのはよくない。予断《よだん》は禁物だ！

麗子が厳しく自らを律しようとするその傍《かたわ》らで、しかし彼女の迂闊《うかつ》な上司は軽々しくも予断に満ちた見解を口にした。

「この男、なんか怪しいな。本当に彼女とうまくいっていたのか？　本気で愛し合っていたのか？　どうせ遊びだったんだろ？　そもそも、こういう見た目重視の二枚目風の優男《やさおとこ》ってのは、いちばん信用できないものだ。そう思わないかい、宝生君」

「………」麗子は目の前に実在する二枚目風をしげしげと眺めながら、彼が自分でそういうのなら、その言葉に間違いはあるまいと思った。「おっしゃるとおりです、警部。わたしも、この手の男は信用できないと以前からそう思っていました」

「おお、気が合うじゃないか、宝生君」

いいえ、そうでもありませんよ、警部。――麗子は心の中で呟《つぶや》き、話を写真の彼に戻す。

「とにかく、この男の身許を明らかにすることが先決ですね。手掛かりは、きっとこの部屋に残されているはずですよ」

微妙にぎくしゃくした雰囲気の中、麗子と風祭警部は他の捜査員とともに部屋の捜索を続ける。その結果、パソコンに残された記録や手紙類などから菅野由美の交際相手は簡単に判明した。彼女が親しくする男性は、江崎建夫《えざきたてお》という人物がただひとり。

江崎建夫は菅野由美が働く望月製菓の同僚であり、その住所は立川だった――

被害者の部屋を散々ひっかき回した後、麗子と警部は被害者の隣の部屋、二〇一号室をノックした。大家の話によれば、この部屋に住むのは戸田美幸《とだみゆき》、二十一歳。近隣の大学に通う学生だそうだ。実際、開いた扉から顔を覗《のぞ》かせたのは、丸顔の女の子だった。

どなた？　と大きな目で尋ねる彼女に向かって、風祭警部は映画スターのような洗練された仕草で警察手帳を示した。彼がこの一連の動作をスマートに決めるために、普段から弛《たゆ》まぬ努力を続けていることを、麗子は知っている（麗子がそれを知っている、ということを彼は知らない）。

「戸田美幸さんですね。お隣の菅野由美さんのことについて、お尋ねしたいんですが」

突然の刑事の来訪を受けた戸田美幸は、しかしこのような事態を前もって察知していたらしい。戸惑いよりもむしろ興味津々《きょうみしんしん》の面持《おもも》ちの彼女は、「うわ、ホンマの刑事さんやー」と歓声に似た声。それから一転して声を潜《ひそ》めると逆に質問してきた。

「なーなー、お隣のお姉さん、殺されたってホンマなん？　ネットで話題になってたんの見て、びっくりしてたんよ。立川のビルの階段で刺されてたんやろ。そっかあ、ホンマやったんかー、ええ人やったのに可哀《かわい》そうになー。世の中、判らんもんやなー」

「…………」

少しも悲しんでいるように聞こえないのは、陽気な関西弁のせいだろうか。

風祭警部は一瞬、戸惑う表情。だが、すぐに気を取り直し質問に移った。

「菅野由美さんとは親しい仲でしたか？　最近、彼女の様子になにか変わったことは？」

そんな大雑把《おおざっぱ》な質問に対して、戸田美幸は待ってましたとばかりに口を開いた。

「由美さんとは、何度か一緒にご飯食べたことある。けど由美さん、悩んではるみたいやったなー。原因は男やなー。彼女、七年付き合ってた彼氏がいてなー、けど、そいつがひっどい男でなー」

戸田美幸の間延びした関西弁を簡潔に纏《まと》めると以下の通りである。

菅野由美は悩んでいるようだった。原因は男だ。彼女には七年間付き合ってきた彼氏がいた。だが、その彼氏は酷《ひど》い男だった。彼は最近になって若い恋人と付き合いだしたのだ。新しい彼女は会社の重役の娘。もし結婚すればいわゆる逆玉の輿《こし》というやつで、会社での将来は約束されたも同然だった。そこで彼は薄情にも七年付き合った彼女、菅野由美に別れ話を切り出した。もちろん彼女にしてみれば、「はい、そうですか」と引き下がれる話ではない。むしろ菅野由美は彼に対して激しい執着心《しゅうちゃくしん》を示した。結果、別れ話は宙に浮き、二人の仲はこじれ、後はもうドロドロとしたお馴染みの愛憎劇――というわけだ。

「この前、一緒にお酒飲んだときも、由美さん、酔ってべろんべろんになりながら、『絶対、別れてやらない』っていうてたわ。『別れるくらいなら、新しい彼女に直接会って文句いってやる』って、えらい剣幕《けんまく》やったなー」

「ちょ、ちょっと待って」麗子は例の写真を取り出して、戸田美幸に示した。「菅野由美さんが七年付き合った彼氏って、この人かしら」

戸田美幸は示された写真を軽く一瞥しただけでアッサリと頷いた。

「そや。由美さんにこの写真見せられたことあるから間違いないわ。名前は確か江崎ナンチャラっていうてたなー」

戸田美幸からの聞き込みの成果は予想以上だった。二〇一号室の扉が閉まった途端、風祭警部は拳《こぶし》を握って叫んだ。「間違いない。犯人は江崎ナンチャラだ！」

「建夫ですよ、警部。ナンチャラではなくて」

「そう、江崎建夫だ。彼は重役の娘との結婚を望んだ。だが、七年付き合ってきた菅野由美は簡単には別れてくれない。彼には菅野由美の存在が邪魔になった」

「そこで江崎は立川の権藤ビルに菅野由美を呼び出し殺害した。――筋は通りますね。で、どうします、警部。これから立川に戻って、江崎の自宅に乗り込みますか」

意気込む麗子を、風祭警部はここぞとばかりに有能なエリート刑事っぽい言葉で制した。

「まあ待ちたまえ、宝生君。犯罪捜査に予断は禁物だよ」

「………」警部、その台詞《せりふ》、そっくり警部にお返ししますよ。

「江崎建夫は有力な容疑者には違いない。だが、捜査は始まったばかり。慌てる必要はない。とにかく一階の住人にも話を聞いてみようじゃないか」

こうして二人は階段を下りてアパートの一階へ。大家の話によれば一階にある二部屋のうち片方は空室。残る一〇一号室の住人は松原久子《まつばらひさこ》、五十歳。近所のスーパーでパートとして働いている独身女性だという。

さっそく麗子は一〇一号室の扉をノックした。だが返事がない。外出中かしら、と半ば諦《あきら》め気分で強めのノックを繰り返したところ、ようやく扉の向こうに人の気配。扉を開けて顔を覗かせたのは太り気味の中年女性だった。

化粧っけのない顔に、大仏の頭部を思わせるパーマヘア。眠たげな両目をパチパチさせている。着ているスウェットの上下は、たぶん寝間着《ねまき》だろう。たったいま目覚めて慌てて玄関に姿を現した、といった雰囲気だ。

警部は先ほどと同じように、警察手帳をスマートに提示。それから、やはり先ほどと同様の台詞を口にした。

「松原久子さんですね。二階に住む菅野由美さんのことについて、お尋ねしたいんですが」

「はあ……」松原久子は先ほどの戸田美幸とは違い、瞬時に状況を把握することができない様子。だが、差し出された警察手帳と風祭警部、そして麗子の顔を何度か見返した後、彼女はようやく現状を認識したらしく、「ああ、刑事さんね」と大きな声。

瞬間、吐き出された酒臭い息に、麗子は思わず半歩下がる。酒飲みらしい。玄関から見通せる台所の床には、一升瓶やビール瓶がボウリングのピンのように並んでいた。

風祭警部も彼女の息を避けるようにして尋ねる。「ご存知ですか、菅野さんのこと」

「ああ、二〇二号室の女だろ。まあ、知ってるったって、たまにすれ違う程度だけどね。そういや昨日の夜にも見かけたっけ――」

松原久子の言葉に、麗子は思わずハッとなった。風祭警部も背《そむ》けていた顔を、あらためて中年女性のほうに向け直す。

「ほ、本当に！　本当に見たんですね、菅野由美さんの姿を！　それは何時ごろです！」

前へと迫ってくる警部に恐れをなしたのか、松原久子は顔面を強張《こわば》らせる。

「ほ、本当さ。そう、あれは昨日の午後七時半ごろだね。あたしが仕事から帰ってきたとき、ちょうどあの女が階段を下りてきたんだ。べつに挨拶なんかしないよ。すれ違っただけ。でも顔はハッキリ見たから間違いはないよ」

「七時半という時刻に間違いはありませんか」

「ああ、それも間違いないよ。部屋に戻ってすぐに時計を見たし、テレビをつけたらNHKの七時半からのローカル番組が始まったところだったもの」

「では間違いなさそうですね。で、菅野由美さんはどちらにいかれましたか」

「さあ、コンビニにでもいったんじゃないのかい。そんなことより、刑事さん」

松原久子は痺《しび》れを切らしたのか、警部ににじり寄ってきた。「そろそろ教えておくれよ。ね、あの菅野って女が、どうしたのさ？　なんか悪いことでもしたのかい？」

「ああ、いや、そうではありません」警部は微妙な表情を浮かべながら、事務的な口調で淡々と事実を伝えた。「菅野由美さんは本日早朝、立川のとあるビルで死体となって発見されました。我々は殺人事件と見て捜査をおこなっている最中でして——」

警部の口から事実を聞かされた松原久子は「ええッ」と嘘《うそ》偽りのない驚きの表情。そして信じられないといった口調で、「殺されたって？　あの女がかい？」と聞き返す。

「ええ、残念ながら」警部は短く答えると、戸田美幸にしたのと同じ質問を繰り返した。「菅野由美さんとは親しい仲でしたか？　最近、彼女の様子になにか変わったことは？」

だが、松原久子は咄嗟《とっさ》に顔をしかめると、口をへの字に曲げながら、

「さっきもいっただろ、べつに親しい仲じゃなかったんだよ。すれ違ったって挨拶もしないぐらいさ。だから、変わったことといわれてもねえ……」

それでも警部は彼女から情報を引き出そうと、いくつかの質問を試みた。だが彼女の返事は「知らない、判らない」といった中身のないものに終始した。そこには予想外の大事件を前に、関わり合いになるまい、という彼女の自己防衛の意思がにじみ出ていた。

結局、それ以上の収穫のないまま、刑事たちは一〇一号室に別れを告げた。

だが、それでも成果は充分だった。検視の結果によれば、被害者の死亡推定時刻は昨日の午後七時から九時までの二時間。だが松原久子の証言によれば、菅野由美は昨日の午後七時半の時点で、まだ存命中だった。これを併《あわ》せて考えると――

「被害者の死亡推定時刻は、午後七時半以降から九時までの一時間半ということです

ね、警部」

「いや、実際はもっと絞れるはずだ。午後七時半に国分寺にいた菅野由美は、その後、立川で殺害された。誰かに連れ去られたにせよ、自分の足で移動したにせよ、立川までの移動にかかった時間、被害者は生きていたことになるのだから」

そして警部はいきなり麗子に尋ねた。「国分寺─立川間は車で何分かかるかな?」

「車より電車のほうが速いんじゃありませんか、警部」

この麗子の発した何気ないひと言が、風祭モータース御曹司の無駄なプライドに火をつけた。

「おいおい、馬鹿いっちゃいけないよ、宝生君。電車より車のほうが速いにきまってる。ジーン・ハックマンだって、車で電車を追い抜いていただろ」

「『フレンチ・コネクション』ですね。あれ、映画ですよ。実際には一般道をくねくね走る車と、線路の上をまっすぐ走る電車では勝負になりません。知ってます、警部? 国分寺─立川間の線路は定規を当てたみたいに一直線なんですよ」

「知ってるかい、宝生君? 人間が駅と建物の間をてくてく歩いている間も、車は猛スピードで走行しているんだよ」

自説を曲げない二人の不毛な議論がしばらく続いた。そこで麗子がひとつの提案。

「だったら競走してみますか。わたしが電車で、警部が車。同時に若葉コーポを出発して、立川の権藤ビルまで、どちらが先にたどり着けるのか」

「いいだろう。望むところだ。この僕のA級ライセンスの腕前、とくとお見せしようじゃないか」

「…………」また自慢話ですか、B級警部さん……

麗子はズレ落ちかけた眼鏡を押し上げながら、「では決定ですね」。そして勝つためには手段を選ばないであろう上司に、入念に釘《くぎ》を刺した。

「いっときますが警部、公道での走行速度は常識の範囲内でお願いしますね。それとあと、インチキは無しですよ」

「インチキって――なんのことだい？」

「パトライトの使用は禁止ってことです」

「わ、判っているさ。そんなもの使うわけないだろ！」

いいながら警部は残念そうにチッと舌打ち。

こうして国分寺―立川間の最速移動手段を巡る論争は、麗子と風祭警部による真剣勝負へと発展した。ただし記憶のどこを探しても、この勝負に最高級イタリアンが賭けられた、というような場面は存在しないのだった――

4

そして、ようやく話は冒頭の場面に戻る。競走の結果、権藤ビルに先着したのは麗子。遅れた風祭警部はどさくさ紛《まぎ》れに彼女を夕食に誘って、断られたところである。

「――そう、君のいうとおりさ、宝生君。この競走は菅野由美殺害事件の解決に必要な手続きだ。イタリア料理とは関係がない」

ようやく当初の目的を思い出したのか、それとも誘いを断られた気まずさを誤魔化《ごまか》すためか（おそらく後者のような気がするが）、警部の表情は事件に立ち向かう真面目《まじめ》な捜査官のそれに変化していた。

「国分寺の若葉コーポから立川の権藤ビルまで、移動に掛かる時間は電車で十五分ちょうど。今回の競走結果から、それが最短であると確認された。ところで、菅野由美は午後七時半に若葉コーポを出ていくところを松原久子に目撃されている。ということは――」

風祭警部は眉間《みけん》に皺《しわ》を寄せながら深々と考えるフリ。そして実際には考えなくても判る、小学生の足し算レベルの結論を口にした。

「間違いない。菅野由美が権藤ビルに到着するのは、最も早くて午後七時四十五分。彼女が殺害されたのは、それ以降の出来事だ。これと検視の結果とを併せて考えるならば、犯行時刻は午後七時四十五分から九時までの一時間十五分ということになる」

当初、二時間の幅があった犯行時刻がぐっと短縮され、捜査は格段の進展を見せたわけだ。この成果に満足した風祭警部は、ついに最重要人物との対決を高らかに宣言した。

「こうなったら、あの男に直接会ってみようじゃないか。あの写真に写っていた二枚目風の優男――江崎ナンチャラに！」

「警部、その言い方、気に入りましたか？　馬鹿にしていると足元すくわれますよ」

「なに、大丈夫さ。ところで江崎建夫の住所は富士見町だったな。ここから歩いていけるぐらいの距離だが、いや、絶対車のほうがいい！」警部はここぞとばかりに愛車のドアを開けて麗子を招いた。「さあ宝生君、僕のジャガーの助手席に乗りなさ――」

「歩きましょう、警部」

麗子は開いたドアをバンと閉めて、「刑事は足で稼ぐのが基本です」と冷たい微笑《ほほえ》み。ドアに指を挟まれかけた警部は、悲鳴をあげて飛び退《の》いた。

実のところ、麗子は警部のジャガーに乗ったことが一度もない。勧められるたび拒否してきたのだ。理由は自分でもよく判らないが、ただなんとなく、本当になんとなくなのだが、この銀色のジャガーはオスのような気がして仕方がないのだ。それも発情したオス。もちろん自動車にオスもメスも発情期もないってことは、充分判っているのだが——

結局、二人は普通の警察車両に同乗して、江崎建夫の住所へと向かった。中央線と青梅《おうめ》線が分岐するあたりに建つ四階建ての賃貸マンション。そこが江崎建夫の住処《すみか》だった。

二階の端にある一室の前に立ち、風祭警部が呼び鈴を鳴らす。間もなく、扉から顔を覗かせたのは、写真の中で翳りのある笑みを浮かべていた彼に間違いなかった。

警部は例のように恰好《かっこう》よく警察手帳を示したまではよかったが、うっかり「江崎ナンチャ、いや、江崎建夫さんですね」とやってしまい自爆。「わわ、我々は国立署の——」

「シーッ！」江崎建夫は警部の言葉を遮《さえぎ》るように、人差し指を口の前に立てた。「判っています。そんな大きな声出さないでください。とにかく、中へ」

せっかくの見せ場を台無しにされた警部は、憮然《ぶぜん》とした表情で室内へ。麗子も後に続く。広くはないが高級感のある、落ち着いた内装の部屋だった。三十代の独身サラリーマンにしては、充分すぎる居住空間といえる。

江崎は刑事たちに椅子を勧めながら、

「刑事さんたちが僕のところにきた理由は判っています。菅野由美のことでしょう？」

と自ら切り出した。菅野由美殺害事件は、昼すぎから各種ニュース番組などで報道されている。江崎が警察の来訪を予測するのは、当然といえば当然のことだった。

「すでにご存知ならば話が早い。いくつか質問に答えていただきたいのですが」

お願いする口調だが、警部の態度は有無をいわせぬものだった。「まず、菅野由美さんとのご関係について。江崎さんは彼女とお付き合いされていましたね」

「ええ。彼女とは会社の同期でしてね。結構前から、なんとなく付き合うような関係ではありました。でも別れたんですよ。一ヶ月ほど前にね」

「そうでしたか。しかし長年付き合った彼女と別れるのは、お互い難しかったのでは？　どうです、上手に別れられましたか？」

「さあ。上手だったか下手だったか……しかしまあ、彼女も理解してくれたと思いますよ。お互い大人ですからね」

「ほう、それは素晴らしい。ん!?　しかし待ってくださいよ、江崎さん」警部はふとなにか引っ掛かる様子で首を傾《かし》げて、「七年間付き合った挙句《あげく》、『重役の娘と結婚できそうな感じだから、もう君とは別れるよ』——そういわれて、理解してくれる三十五歳独身女性が果たしているものなんですかねえ。わたしにはちょっと信じられませんが……」

麗子は密《ひそ》かに舌を巻いた。風祭警部は全般的に取り得のない上司だが、今回のように容疑者をいたぶる際に見せる、爬虫類《はちゅうるい》的な嫌らしい感じは、誰にも真似《まね》できないものを持っている。自分が容疑者なら、足の裏で踏んづけてやるところだ。

きっと江崎も同じ衝動を覚えているに違いない。だが忍耐強い容疑者は足の裏を見せることなく、

「なにがいいたいんです、刑事さん。僕を疑っていらっしゃるんですか」

「いや、疑うだなんて」そういいながら警部は、ここが勝負どころと踏んだのか、ズバリと本命の問いを切り出した。「江崎さん、あなた昨夜《ゆうべ》はどこでなにをしていましたか」

「おや、アリバイ調べですか。やっぱり僕を疑っているのですね」

「いえいえ、アリバイ調べだなんて。どなたにもお尋ねする通常の質問です」

警部と容疑者の視線が交錯《こうさく》する。

一瞬の沈黙の後、江崎建夫がおもむろに口を開いた。

「まあ、いいでしょう。お答えしますよ。昨夜ですね。ええっと、確か会社を出たのは夕方の六時です。まっすぐ帰宅するつもりだったんですが、会社を出てすぐのところで偶然、知り合いの男に出くわしましてね。以前会社で一緒に働いていた後輩で、友岡弘樹《ともおかひろき》という男です。最近連絡を取っていなかったんですが、いまは運送会社の倉庫で働いているそうです。近くに部屋を借りてひとり暮らしだというので、そのまま彼の部屋までお邪魔しました。競輪場近くの古いアパートの二階です。名前は確か『寿《ことぶき》アパート』でしたか。そこで彼に夕食をご馳走になりました。僕は『そんなのいい』って断ったんですけど、向こうが気を使ったみたいでしてね。それに彼、料理が凄《すご》く得意なんですよ。プロ級の腕前でチャーハンを二人前、瞬《また》く間《ま》に作ってくれましたよ。いや、あれは実に美味《うま》かったなあ」

「そ、それは何時ごろ？」

「午後七時前後ですかね。衛星放送が甲子園の阪神対広島をやっていました。四回表の広島の攻撃で、確か東出がヒットで、梵《そよぎ》が送りバント。廣瀬が三振で栗原が外野フライ――」

「0点ですね。いや、裏の攻撃はもう結構」警部は江崎に先を促した。「あなたはその友岡さんという人と、ずっと一緒にナイター中継を見ていたのですか」

「いえ、そんなに長居はしてません。彼も夜勤があるって話でしたし、チャーハンをご馳走になってすぐにお暇《いとま》しました。部屋を出たのは七時半ごろだったかな」

「七時半！　七時半には、もう友岡さんと別れたんですね」

「いや、もう少し一緒にいましたね。彼、『道が判りづらいだろう』っていって、立川通りまで僕を送ってくれましたから。だから友岡と別れたのは七時三十五分ごろですかね」

「じゃあ、七時三十五分以降はおひとりだったんですね！　アリバイはないんですね！」

風祭警部の興奮は最高潮に達したようだ。すでにこれがアリバイ調べであることを隠そうともしない。確かに、江崎の話は事件の核心部分に近づいていた。麗子と警部は緊張の面持ちで容疑者の次の言葉を待つ。すると江崎は案外とアッサリ首を振って、

「いえ、ひとりってわけじゃありません。友岡と別れた後、僕はすぐ目に付いた喫茶店に入りましたから。店の名前は『ルパン』。店に入ったのは七時四十分ごろでしたか。髭面《ひげづら》のマスターがいましたね。その後は珈琲《コーヒー》をお代わりしながら、二時間弱そこにいました。ということは、店を出たのは九時半ごろですね。それから歩いて家に帰って、

あとはずっとひとりきりでしたからアリバイと呼べるものはありませんが——」

こうして自らの話を終えた江崎建夫は、押し黙ったままの刑事たちに聞いてきた。

「ところで、菅野由美はいつごろ殺されたんですか。僕も質問に答えたんだから、刑事さんたちも答えてくれていいはずですよ」

「……ふむ」警部は苦い顔で頷き、敗北感に満ちた声で辛《つら》そうに答えた。「犯行があった時刻は昨夜の午後七時四十五分から九時までの間と思われます」

そのとき、江崎の顔に表れたのは「おお！」というような歓喜と、そしてなぜか「ん？」というような戸惑いの表情だった。そんな彼は自らのアリバイ成立を誇るより先に、訝《いぶか》しげな表情で聞いてきた。「七時四十五分から？　あの1刑事さん、その四十五分っていうのは、いったいなんなんです？　やけに細かい数字ですが、なにか根拠でも？」

「もちろん、いい加減な数字ではありません。菅野由美さんは昨日の午後七時半に同じアパートに住むおばさんに生前の姿を目撃されています。細かい説明は省きますが、午後七時四十五分という時刻はその事実から合理的に推定されたものです」

「はあ、なるほど——」江崎はまた少し考え込む仕草を見せてから、あらためて喜びと安堵《あんど》の表情を浮かべた。「とにかく、その七時四十五分から九時の間、僕はずっと喫茶店『ルパン』にいたってわけだ。僕が『ルパン』に入ったのは七時四十分ごろなんですからね。だったら、僕のアリバイは完璧《かんぺき》じゃないですか。その時間、僕が店にいたことは髭面のマスターが証明してくれるはずですよ」

江崎建夫は、ホッとした笑みを浮かべて刑事たちを眺める。風祭警部は負けず嫌いな性分《しょうぶん》を発揮して、「確認してみるまでは判りません」と精一杯強がる表情。

麗子もまた、勝ち誇る容疑者の表情を苦々しく見詰めるしかなかった。

5

その日の夜、宝生麗子と風祭警部は立川通り沿いの喫茶店『ルパン』を訪れた。『ルパン』は立川駅から歩いて十分程度離れた場所にあった。訪れた目的は、もちろん江崎建夫の示したアリバイの裏取り捜査である。その結果は、ある意味、充分すぎるものだった。

『ルパン』には顎髭《あごひげ》を蓄えたマスターが確かにいた。物静かな印象の中年男性だ。彼は昨夜、隅っこの席に陣取った背広姿の客のことをよく覚えていた。

「珈琲二杯で二時間ほどいらっしゃいました。初めてお見かけするお客さんでしたね」

前日の伝票やレジの記録などから、その客が昨夜七時四十分に珈琲を注文し、そして九時半ごろに精算を終えたことなども確認された。いずれも江崎建夫の証言どおりである。そればかりではない。店に居合わせた複数の客が、その背広姿の男性のことを記憶に留《とど》めていた。聞けば『ルパン』は常連客が多く、一見《いちげん》の客はそれだけで目立つのだという。

「例えば、ほら、あの客なんか初めてさ」

常連のひとりが窓際の席を密かに指差す。

そこでは脚を組んだ黒い服の男が、英字新聞を顔の前に掲げて珈琲を飲んでいた。警部はその男の姿を一瞥しただけで、再び常連客のほうに向き直り、彼らの前に江崎建夫の写真を示した。マスターと常連客たちはそこに写る微妙な笑みの男性を指差しながら、「間違いございません」「そうだ、この男だった」と口々に断言した。

完璧だった。菅野由美が殺されたのは、午後七時四十五分から九時までの間。そして江崎建夫はその時間帯のすべてを、この喫茶店の隅っこの席で過ごしている。そんな彼が、権藤ビルに現れて菅野由美を殺害することは、身体《からだ》が二つない限り不可能だ。

こうして菅野由美殺害の最重要容疑者、江崎建夫にはアリバイが成立した。

「ご協力感謝いたします」紳士的な態度でマスターに礼を述べた風祭警部は、扉を押して店を出る。だが扉のカウベルが鳴り止《や》まないうちに、「ええい、なんてことだ」と彼はその態度を豹変《ひょうへん》させた。街路樹のツツジにつかつかと歩み寄り、「くそ、丸一日経って捜査は振り出しか」と嘆きの声。そしてツツジの葉っぱを滅茶苦茶《めちゃくちゃ》にむしりながら、「絶対絶対、あいつが犯人だと思ったのにィ」

「ちょっと、警部！　街路樹に八つ当たりしちゃ駄目です！　みんなが見てますし、それに──」

通報されたらどーすんですか？　麗子が耳元で囁《ささや》くと、警部はハッとした顔になって、「それは困るな」と我に返った様子。

すぐさま葉っぱを放り捨てた彼は、何事もなかったように白いスーツの袖を払い、乱れた髪の毛を整えると余裕ありげな顔を作った。

「まあいいさ。考えてみれば、捜査はまだ始まったばかり。今日のところはこんなものだろう。後は明日の捜査次第だ──ああ、そうそう、そういえば！」警部は突然思い出したように指を弾《はじ》くと、その指先を麗子のほうに向けながら、「忙しさにかまけて忘れるところだったよ、すまなかった宝生君」

「──はい？」

「ほら、忘れたのかい。今夜は君を最高級イタリアンに招待するって約束を──」

「してません！　するわけないですから！」

立川通りに響き渡る麗子の絶叫。風祭警部は見えない声の圧力に屈したように、背中から街路樹の中にひっくり返った。


「また明日、現場で会おう！」

と言い残し、風祭警部は車で去っていった。

遠ざかるテールランプを見送りながら、麗子は長かった一日の疲れを感じて溜め息をつく。疲労の半分以上は困った上司によってもたらされたものに違いなかった。実際、今日の警部は普段以上に麗子に対してぐいぐい積極的だった。あの勢いで殺人犯を追い詰めて欲しいものだが、いや期待しないほうがいい。風祭警部の手の中で期待は常に裏切られ、不安は常に現実となる。

「ま、悪い人ではないけどね」

不在の上司に対して、せめてものフォローを入れる優しさを見せながら、麗子は携帯を取り出して、いつもの番号を呼び出した。

「終わったわ。すぐに、きてちょうだい」

電話の向こうから『かしこまりました』の声が響く。『では三十秒ほどで参ります』

え、三十秒⁉　それって、いくらなんでも──驚く麗子の耳元で通話は切れた。

それから十秒、二十秒──歩道に立つ麗子は通りを見回すが、なにかが現れる気配はない。そしてキッカリ三十秒後──麗子の背後で突然鳴り響くカウベルの音。振り向くと喫茶店『ルパン』の扉の向こうから、長身の男が英字新聞を畳みながら現れた。闇《やみ》に溶け込むようなダークスーツと、闇の中でキラリと輝く銀縁眼鏡。髪の毛を綺《き》麗《れい》に撫《な》でつけた端整な顔の男は、麗子の前に歩み寄ると《恭《うやうや》しく》という言葉をそのまま絵に描いたような優雅な仕草で一礼した。

「お待たせいたしました、お嬢様」

「………」麗子は言葉を失った。お待たせいたしました、ですって⁉　冗談じゃない。待たせるもなにも──「あんた、この店の窓際にいたじゃない、影山《かげやま》！」

「さようでございます」

影山は悪びれる素振りも見せずに、慇懃《いんぎん》に一礼した。

影山は宝生家の執事兼運転手。国立にある自宅と仕事場（つまり国立署や殺人現場など）の間の送り迎えは彼の仕事だ。だから麗子は彼が車で現れると思い込んでいた。まさか、喫茶店のレジで珈琲代払って、扉のカウベル鳴らしながら英字新聞片手に現れるとは、夢にも思わなかった。まったく、神出鬼没《しんしゅつきぼつ》にもほどがある。

「ストーカーや私立探偵ばりに、わたしの後を尾行しているのね。お父様の指図？」

「とんでもない。仕事でお疲れのお嬢様を、お迎えにあがっただけでございます」

「窓際から、わたしの仕事振りを観察してたくせに。まさか、あなただったとはね」

「お気づきになられなかったのも、無理はございません。『喫茶店で英字新聞を読んでいる人間には誰《だれ》も話しかけたがらない』――よく知られる法則を利用いたしました」

「初耳ね、そんな法則」麗子は、もういい、というようにそっぽを向いて、「そんなことより、車はどうしたのよ。レッカー移動されてないでしょうね」

「問題ございません。お車は、あちらの百円パーキングに停めてございます」

「百円パーキング!? 嘘でしょ!?」

麗子は、まさかと思いつつ影山が指差す方角を見やる。

嘘ではなかった。そこには普通車三台分のスペースをぶち抜く恰好で、巨大なリムジンカーが駐車中だった。

異様な光景に目を丸くする麗子に、影山が真面目な声でいった。

「お嬢様、三百円、お持ちでございますか――」

6

宝生麗子は影山の運転するリムジンで、彼女の自宅、宝生邸へと帰還を果たした。

宝生邸は国立市某所に建つ豪邸である。本館、別館、離れに東屋《あずまや》と、建物の数は両手で足りないほど。敷地面積も広大で、国立市近郊にこれを凌駕《りょうが》するものはない。いや、一箇所あった。府中にある東京競馬場だ。あれは別格だが。

この一見無駄な豪邸を建てた犯人（？）、宝生清太郎《せいたろう》は鉄鋼、造船、航空機産業から情報通信、電気ガス、果ては映画演劇、本格ミステリまで一手に牛耳《ぎゅうじ》る巨大財閥『宝生グループ』の創設者にして会長である。そんな清太郎のひとり娘こそが、宝生麗子なのだった。

だから最高級イタリアンなど、麗子自身が望みさえすれば毎日だって食べられる。わざわざ成金趣味の御曹司とそれを賭けた勝負など、するわけがないのである。

そんな麗子は帰宅するなり、束ねた髪を解《ほど》き、黒縁のダテ眼鏡を外し、黒いパンツスーツを脱ぎ捨てた。代わって、華やかなピンクのワンピースを身に纏い、お嬢様らしく変身を遂げる。そして夕食は最高級イタリアン――ではなく、ごくごく普通のフレンチだ。

グリル野菜のサラダ、レンズ豆のスープ、牛フィレ肉のステーキといった通常の食事を終えた麗子は、ワイングラスを片手に窓辺のソファで夜風にあたりながら、優雅で落ち着いたひと時。だが、このような状況にあっても頭をよぎるのは風祭警部――ではなくて、警部が完膚《かんぷ》なきまでに屈辱《くつじょく》を味わった昼間の事件だ。

すると、そんな麗子にいきなり問いかける声。

「どうやら容疑者には完璧なアリバイがあるようでございますね」

影山だった。ワインボトルなどを携《たずさ》えながら麗子の傍らに控えるこの男は、一見すると、給仕の役目を果たす忠実なしもべそのもの。だが、それだけの存在ではない。むしろ彼の真の目的は、麗子の話にある。この影山という男、謎《なぞ》めいた殺人事件の話が大好物で、麗子が関わる難事件に度々首を突っ込んでくるのだ。

「なぜ、そう思ったの？　容疑者に完璧なアリバイがあるって」

「喫茶店『ルパン』での風祭警部の発言や態度を見ていて、そのように察したのでございます。あの風祭警部の激しい落胆はまさしく、『狙《ねら》いをつけた容疑者にアリバイが成立してしまって悔しがる刑事』そのものとお見受けいたしましたが――違いましたか？」

「いいえ、違わないわ。まさしく『そのもの』よ」

これは影山の観察力を褒めるよりも、むしろ風祭警部の判りやすさを哀れむべき事例だろう。

「それで、容疑者はどのようなアリバイを主張しているのでございますか」

「ちょっと待ちなさい！　誰が事件について話してあげるっていったのよ。今回の事件は始まったばかり。迷宮入りは、まだ先の話だわ」

「迷宮入りしてから話すのも、いまここで話すのも、同じことだと思われますが」

「まあ、それはそうかも——でも、嫌！　絶対、嫌！　理由は判るでしょ！」

麗子はそっぽを向くようにソファで身をよじる。

影山は銀縁眼鏡をそっと押し上げながら、

「ひょっとしてお嬢様は、わたくしがお嬢様の話を聞くなり、また例のごとくに『アホ』だの『節穴《ふしあな》』だの『レベルが低い』だの『引っ込んでろ』だのと、いいたい放題の無礼な発言を連発するのではないかと、そう案じていらっしゃるのでございますか」

「…………」いや、案ずるもなにも、あんたもう結構連発しちゃってるわよ！

思わず眉《まゆ》を顰《ひそ》める麗子に対し、影山は胸に手を当て、安定感のある声でいった。

「どうかご安心ください、お嬢様。この影山も宝生家に仕えて約半年。仕事にも慣れ、旦那《だんな》様やお嬢様との信頼関係も深まり、執事として格段の成長を遂げたものと自負しております。もはや、お嬢様がお気を悪くするようなことは、いっさい申しません」

「……本当？　嘘でしょ？　嘘嘘！」

お嬢様を小馬鹿にすることを趣味とするこの執事が、心を入れ替えたというのか。にわかには信用できない話だ。

だが、もし本当ならば彼の変貌振りを確かめてみたい気もする。ただし、それを確かめるためには、事件の話をしてあげなくてはならないわけだが……

麗子はなんとなく騙《だま》されている自分を感じながら、最終的には誘惑に負けた。

「いいわ、事件のこと話してあげるから、よく聞きなさい」


菅野由美殺害事件の詳細について麗子が語り終えると、影山は深く頷いた。

「要するに、唯一最大の容疑者である江崎建夫には完璧なアリバイがある、それこそが今回の事件のポイントなのでございますね。ではまず確認いたしますが、お嬢様は江崎建夫が犯人であるとお考えなのですか。それとも他の誰かの可能性もあるとお考えなのですか。どうか、お嬢様の予断と偏見に満ちた見解をお聞かせくださいませ」

「そこまでハッキリいわれると、いっそ気持ちいいわね」

麗子は、ならばとばかりに偏《かたよ》った見解を語った。

「正直なところ、わたしは江崎建夫が犯人だと思っているわ。強い動機があるし、たぶんなにかを隠している。だいいち、人間的に信用のならないタイプだわ。野心家で計算高い、顔はいいけど冷酷で薄情、見栄《みえ》っ張りで自己愛が強い、友人は多いけれど親友はいない、きっとマザコンね、それから車と洋服が大好きで……」

「おやめくださいませ、お嬢様。いくらなんでも予断と偏見が刑事失格レベルでございます」

「誰が失格レベルよ！」麗子はピシャリといって、鋭く執事を睨《にら》む。「とにかく、わたしは江崎建夫が菅野由美殺しの真犯人だと思っているの。アリバイが邪魔だけどね」

「判りました。では、お嬢様がわたくしに期待なさるのは《犯人捜し》ではなくて《アリバイ崩し》であると、そう理解してよろしいのでございますね」

「そうね。とりあえず、いまはその線で考えてちょうだい」

「承知いたしました。では『犯人は江崎建夫である』、このことを前提として、今回の事件を考えてみることにいたします。その場合、問題となるのは江崎建夫が風祭警部に向かって直接語ったアリバイ証言でございます。ところで、お嬢様は彼の証言を間近でお聞きになって、なにか奇妙に思われる点など、ございませんでしたか」

「さあ、特に奇妙な点はなかったわね。話し振りは堂々としていたし、話は具体的で時間的な矛盾点《むじゅんてん》もなかった。証言の内容は、喫茶店のマスターが太鼓判《たいこばん》を押していたから間違いはない。完璧なアリバイだわ。だから困っているんじゃない」

いったい、なにがいいたいの？　麗子は思わず視線で影山に問いかける。すると影山はソファに座る麗子の耳元に顔を寄せ、彼の考えを実に抑制の利いた言葉で伝えた。

「失礼ながら、お嬢様は相変わらずアホでいらっしゃいますね。――いい意味で」

麗子はグラスに残ったワインを一気に飲み干し、しばし気持ちを落ち着けた。

なるほどなるほど、確かに影山は執事として格段の成長を遂げたようだ。実際、半年前の影山は、お嬢様のことを『アホ』呼ばわりしても、反省の色さえ見せず涼しい顔だったはず。それがどうだ。いまや、お嬢様の気持ちに配慮して、遠慮がちにではあるものの『いい意味で』とフォローするだけの分別を身につけている。素敵だ。この飛躍的な進歩は賞賛に値するかも――「って、ふざけんじゃないわよ、この暴言執事がぁ！」

麗子は叩《たた》きつけるように空《から》のグラスをテーブルに置くと、すっくと立ち上がり、

「相変わらずなのは、あんたのほうだっつーの！」

「おや、『いい意味で』はフォローになっておりませんでしたか。日頃の言動を反省して、当たりの柔らかい言い回しを選んだつもりだったのですが、それは残念……」

「残念も××もない！　そもそも『アホ』に『いい意味』なんてあるかっつーの！」

「それもそうでございますね。では、無礼の段は平《ひら》にお許しを」

影山はお辞儀だけは教科書どおりに決めて、真面目な顔で話を元に戻す。

「しかしながら、お嬢様。江崎建夫のアリバイ証言について、お嬢様がなんら奇妙な点を見出《みいだ》せていないという点。それにつきましては、やはりお嬢様の注意力不足は否めないものと思われます。なぜなら彼の証言には、実に奇妙で不自然に思われる点が歴然《れきぜん》と存在するのですから」

「そうかしら」怒りの矛先《ほこさき》を収めて、麗子はソファに座り直す。「どこが奇妙なの？」

「あらためて江崎の証言について考えてみましょう。その証言は、前半と後半に分かれております。前半は江崎が午後六時ごろに会社を出て友岡弘樹という友人と道で出会い、友岡の部屋に招かれ夕食をともにし、そして七時三十五分に立川通りで別れる、というもの。後半は友岡と別れた直後の江崎が喫茶店に入り、九時半までそこで過ごす、というもの。まだ奇妙だとは思われませんか」

「いや、全然……なにがいいたいの？」

「わたくしが奇妙に思いますのは、彼のアリバイの前半部分でございます。友岡弘樹という男との交流にまつわる証言ですが――これ、必要でございますか？　わたくしにはまったく無駄な部分に思えるのですが、お嬢様はいかが思われますか？」

「そうね。確かに無駄な証言よ。犯行があったとされる時刻は午後七時四十五分から九時の間。江崎と友岡との交流は、その時間帯より前の話だから、事件とは無関係ね。でも、それは仕方がないわ。警部は彼に七時四十五分から九時までのアリバイを尋ねたんじゃない。もっと大雑把に『昨日の夜はどこでなにをしていましたか』って聞いたんだもの。だから、江崎は事件と無関係な時間帯の出来事も話さざるを得なかったのよ」

「なるほど、それはごもっともではありますが」

影山は眼鏡の奥で眸《ひとみ》を光らせた。「しかし事件と深く関わる時間帯の出来事よりもさらに詳しく話す必要が、どこにございましょうか」

「ん!?」麗子はソファの上から影山の横顔を見上げた。「どういうこと?」

「江崎の証言の前半と後半では情報量に圧倒的な差があるように思えるのでございます。江崎の証言によれば友岡弘樹という人物は、以前会社にいた後輩で、いまは運送会社の倉庫勤務。競輪場近くの『寿アパート』でひとり暮らし。一緒に食べた夕食はチャーハンで、一緒に見たナイター中継は阪神対広島。おまけに江崎は試合の途中経過まで語ろうとしていた。そうでございますね」

「ええ、確かにそのとおりよ」

「一方、後半の証言はどうでございましょう。こちらはアッサリしたものでございます。店名が『ルパン』で、髭面のマスターがいる。珈琲を飲みながら二時間弱そこにいた。その程度の情報だけを江崎は伝えています。なぜ、彼はもっと多くのことを語らなかったのでございましょうか。店の雰囲気、マスターの年齢、髭の種類、珈琲を何杯お代わりしたのか、他のお客さんはいたのか。語ることは、たくさんあったでしょうに」

「えと……それは、どの時間帯の証言が重要になってくるか、江崎には判っていなかったからじゃないかしら。それで話の前半だけが妙に詳しくなってしまった、とか」

「ああ、駄目でございますよ、お嬢様」影山は即座に右手を振った。「犯人は江崎建夫に間違いない。わたくしどもはそれを前提に推理を進めているのでございます。そして江崎が犯人であるなら、実際の犯行時刻が何時何分であるかは、誰よりも彼自身がいちばんよく知っているはずではありませんか。ならば、どの時間帯の証言が後々重要な意味を持ってくるか、江崎にはそれが判っていたはずでございます」

「そうか、確かにそうね……」

「にもかかわらず、江崎は犯行時刻であるはずの七時四十五分から九時という時間帯について、ぞんざいとも思える証言しかしておりません。その一方で、彼は事件と無関係に思える時間帯については、なぜか詳細な証言を残している。このギャップはいったい、なにに起因しているのでございましょうか」

「…………」麗子は無言のまま、影山の言葉を待った。

「考えるまでもございません。なぜ江崎は『ルパン』における出来事を、いい加減にしか証言しなかったのか。彼はその時間帯を重要視していなかったからでございます。なぜ江崎は友岡との交流を事細かく証言したのか。彼はその時間帯のほうを重要視していたからでございます」

「待って。重要視するってことは、この場合はつまり――本当の犯行時刻!?　江崎と友岡が一緒だった午後六時過ぎから七時三十五分までが、本当の犯行時刻ってこと!?」

「さようでございます」と影山は恭しく一礼。「さらに検視の結果も考慮するなら、午後七時から七時三十五分までの間、という風に絞り込むことができます」

「でも、それは変よ。だって、菅野由美は午後七時半に国分寺の若葉コーポの前で一階に住むおばさん、松原久子に目撃されているのよ。そこから立川まで最短で十五分。立川に移動してすぐ殺されたとしても、犯行時刻は七時四十五分以降になる計算だわ」

「おっしゃるとおりでございます。ならば、こう考えるしかありません。その松原久子の目撃証言は事実ではない、と」

「え！」麗子の脳裏《のうり》にパーマヘアの松原久子の姿が浮かんだ。「それは、どういうこと？松原久子が誰か別人の姿を菅野由美だと勘違《かんちが》いしたとでも？　いいえ、それは考えられないわ。彼女は菅野由美の顔をハッキリ見たと断言したんだから」

「はい、勘違いや見間違いではありません。ということは、松原久子は相手が警察であることを知った上で、敢えて嘘の証言をしたということになります。ただし、彼女は犯人ではありません。犯人はあくまでも江崎建夫。それが推理の前提でございます」

「じゃあ、犯人でもない松原久子が、なぜ警察相手に嘘をついたの？」

「問題はそこでございます。嘘にもいろいろ種類がありますが、虚偽の証言によって、実際には立川にいる人間を、あたかも国分寺にいたかのように警察に信じさせる——このような嘘のことを一般になんと呼ぶか、お嬢様も当然ご存知のことと思いますが」

いわれてみれば、確かにご存知だった。お馴染みといってもいい。

「一般になんと呼ぶかは知らないけど、警察ではアリバイ工作って呼んでいるわ」

「一般にもアリバイ工作でございますよ。そして、アリバイ工作というものは通常、犯罪者が容疑を逃れるためにおこなうものでございます」

「確かにね。でもそれ、どういうこと？　松原久子が江崎の共犯者だったとでも？」

「いいえ、江崎の贋《にせ》アリバイを立証してくれる共犯者は友岡弘樹でございます。では、松原久子は誰の贋アリバイを立証するつもりだったのか。松原久子の証言によって立川の《現場》に《不在》だったことの《証明》を手に入れられる人物は誰か——」

影山は一拍置いて、その名を口にした。

「菅野由美でございます」

「え……」意外な名前に麗子は言葉を失った。

「松原久子の証言によって、菅野由美は午後七時半に国分寺にいたことになっております。もし同じ時刻に立川で殺人事件が起これば、菅野由美はアリバイ成立で容疑を逃れることができるでしょう。まあ、所詮《しょせん》は犯人と共犯者が口裏を合わせただけの、お粗末なアリバイ工作。効果があるかどうかは疑問ですが、素人《しろうと》が考える贋アリバイというのは、この程度のものなのでございましょう」

「な、なにをいっているの、影山……菅野由美は犯人じゃなくて被害者でしょ……」

「いいえ、お嬢様。菅野由美は被害者であると同時に、犯人でもあります。昨日の夜、菅野由美は松原久子を共犯者としてアリバイ工作を弄《ろう》し、自分を捨てた憎い男、江崎建夫に対して密かに復讐《ふくしゅう》の刃《やいば》を向けようとしたのでございます。しかしながら――」

影山はひと呼吸置き、哀れむような口調で推理の結末を語った。

「しかしながら、菅野由美は江崎建夫の逆襲にあって殺害されてしまったのでございます」

7

「今回の事件は、典型的な《返《かえ》り討《う》ち殺人》でございます。ただ、いくつかの偶然と勘違いが重なったために、話は少し複雑になっておりますが――」

そういって、影山は今回の事件について順を追って語りはじめた。

「昨日の午後七時半ごろ、松原久子が菅野由美の姿を目撃したとされるその時刻、実際には菅野由美は立川の権藤ビルの三階か四階にいたのでしょう。そこに携帯メールなどで呼び出された江崎建夫が現れます。菅野由美は刃物で切りかかるものの、相手は腕力で勝る男性。結果、菅野由美は凶器を奪われ、逆に江崎の手によって刺し殺されてしまいました。思わぬ殺人を犯した江崎は、とりあえず現場を立ち去りました」

「凶器と携帯は彼が持ち去ったのね。で、彼はどうしたの？」

「十分ほどした七時四十分、江崎は喫茶店『ルパン』に現れます。そして珈琲を飲みながら九時半までの二時間弱そこで過ごします。この点は、江崎本人や髭のマスターが証言しているとおりです。江崎はこの喫茶店で、おそらく今後の身の振り方を考えたのでしょう。菅野由美を殺してしまった。しかし最初に刃物を振るったのは向こうです。正当防衛が成り立つケースかもしれません。ですが、たとえ法律的に無罪でも実際に人を殺したという事実は大きいものです。重役の娘と結婚して、これから出世街道を歩もうとする江崎にとって、これはおそらく痛手《いたで》。いえ、結婚話自体、白紙になる公算が高いでしょう。熟考の末、彼は事実の公表を避ける選択をします。しかし、沈黙するだけでは足りません。江崎と菅野由美の関係はやがては警察の知るところとなります。警察が江崎に疑いの目を向けることは避けられません。そこで江崎はそれに対する防衛策を考えます」

「それが贋アリバイってわけね」

「はい。『ルパン』にいる間のアリバイは問題ありません。問題なのは『ルパン』を訪れる前、肝心の犯行時刻である午後七時半ごろのアリバイがないことです。そこで江崎は『ルパン』を出て、その足で友岡のアパートに向かったのでしょう。そして事情を説明し、それなりの報酬《ほうしゅう》を示して、友岡の協力を取り付けます。友岡を共犯者に選んだのは、『ルパン』の近所に住んでいる知り合い、という点が大きかったのでしょう。二人は相談の末、贋アリバイをでっちあげます。それが『会社帰りに偶然出会って、友岡のアパートへ』という例のストーリーです。これによって江崎は会社を出た直後の午後六時過ぎから『ルパン』を出る午後九時半まで、ほぼ切れ目なくアリバイを主張することができます。彼はそのストーリーを何度も何度も繰り返して、頭に叩き込んだことでしょう」

「準備万端整って、後は警察が取り調べにくるのを待つだけってわけね」

「そして話は今日に移ります。早朝に菅野由美の死体が発見され、捜査が始まりました。若葉コーポに住む女子大生、戸田美幸の証言により、すぐに江崎建夫の名前が容疑者として浮上します。そしてお嬢様と風祭警部は、同じアパートの一階に住むおばさん、松原久子の部屋を訪れるのですが——問題なのはこの場面です。ここで両者の間に奇妙な勘違いが発生したのですが、お嬢様はお気づきになられましたか」

「な、なによ、勘違いって⁉」

「お嬢様はおっしゃいました。松原久子は『たったいま目覚めて慌てて玄関に姿を現した、といった雰囲気』で『酒臭い息』だったと。要するに、彼女は酒を飲んで昼近くまで寝ていたわけです。土曜日はパートが休みなのでしょう。そこに来客があって、慌てて玄関に出たら相手は刑事だった。そこで刑事がいいます。『菅野由美さんのことについて、お尋ねしたいんですが』。彼女は少し考えて状況を理解します。いや、理解したつもりになります。そして彼女は、聞かれもしないうちに答えます。『あの女なら、昨日の夜にも見かけたよ』――」

「あ、そっか！　松原久子は刑事がやってきた目的を勘違いしたのね」

「さようでございます。刑事たちは《何者かに殺された被害者》である菅野由美のことを尋ねています。けれど、松原久子はそうは思いません。彼女はまだ菅野由美が殺されたことを知らないのです。だから彼女は刑事たちが、《江崎建夫殺しの疑いを掛けられた容疑者》である菅野由美について尋ねにきた、そう思い込んだのです。そこで彼女は当初の計画どおり、菅野由美の無実を証明する贋《アリバイ》を口にしてしまったのです」

「当人が死んでしまった以上、全然意味のない贋《アリバイ》ね」

「はい。ですが、そのことに松原久子は気づきません。彼女は菅野由美が殺害された事実を、風祭警部の口から知らされて、そこではじめて自分の勘違いに気がついたのでしょう。しかし時すでに遅く、彼女は贋《アリバイ》を話し終えた後でした。いまさら、嘘でしたとはいえません。怖くなった彼女は、菅野由美と自分が無関係であることを強調して、刑事たちとの対話を終えたのです」

「そんな彼女の嘘の証言に、わたしと警部は飛びついた。国分寺―立川間の移動にかかる時間を確認し、犯行のあった時刻を午後七時四十五分から九時までと導き出した」

「そして、舞台は江崎建夫のマンションへと移ります。風祭警部が江崎に昨夜のアリバイを尋ねました。江崎は友岡弘樹と作り上げた例の贋アリバイをここぞとばかりに語ります。が、それが余計でした。この意味、お判りですね？　そうです、そもそも贋アリバイなど必要はなかったのです。江崎のアリバイは彼が昨夜の七時四十分から九時半まで『ルパン』にいたという、その事実のみで充分成立していたのです」

「わたしたちが七時四十五分から九時まで、という間違った犯行時刻を信じていたからね」

「はい。しかし江崎は、まさか自分の知らないうちに自分に完璧なアリバイが成立している、などとは夢にも思いません。ですから、江崎は頭に叩き込んだ贋アリバイを、必死の思いで語ります。むしろ、贋アリバイの時間帯こそ重要、彼はそう考えているのです。お陰で、彼の証言は前半部分に傾きすぎて、全体としてのバランスを欠くものになってしまいました。そこに彼の策略のわずかな綻《ほころ》びがあった――というわけでございます」

影山の話は一段落した。麗子は溜め息をつき、グラスのワインで喉《のど》を潤《うるお》した。

「まさに策士《さくし》、策に溺《おぼ》れるね。そういえば江崎は自分のアリバイが成立したと判ったとき、喜ぶような戸惑うような微妙な顔をしていたわ。あれはアリバイが成立したのは嬉しいけど、成立の仕方が自分の考えていたのと違っていたからなのね」

「さようでございます。彼はそのときはじめて、自分が余計な贋アリバイを語ったことに気づき、内心後悔していたのでございましょう。――ところで、お嬢様」

「なにかしら」ソファに座りながら、麗子は影山を見やる。

「ワインをお飲みのようですが、それでよろしゅうございますか」

「そうねえ」ワイングラス片手に、麗子は上機嫌だった。「どうやら事件の謎も解けたみたいだし、いっそ盛大にドンペリでも開けようかしら。あなたも飲む？」

「いえ、そういう意味ではなくて」影山はふいに麗子の傍らで腰をかがめ、ごく丁寧《ていねい》な口調で彼女に語りかけた。「失礼ながら、お嬢様――先ほどからのうのうとソファでくつろいで、高いワインをがばがば飲みながら、これにて一件落着みたいな顔をしていらっしゃいますが、本当にそれでよろしいのでございますか？」

ダン！　とテーブルにグラスを置くと、麗子は猛然と立ち上がり、お嬢様としての威厳《いげん》を示すかのように叫んだ。「影山、もういっぺんいってごらんなさい！」

「のうのうとソファでくつろいで、高いワインをがばがば——」

「二回もいわなくていい！　いや、いっぺんだっていうなっつーの！」麗子は怒りと困惑と屈辱、そして少しの不安を感じながら、影山に問いただした。「いったい、どういうこと？　くつろいでお酒飲んでちゃ駄目なの？　事件は解決したんでしょ？」

「いいえ、お嬢様、解決したのは理論上のこと。現実の事件は、いまこうしている間も動いているのでございます。まだ、お判りになりませんか？」

「な、なによ、判らないわ。まだなにか起こるっていうの？」

「よくお考えください」影山は普段以上に真剣な声で語った。「松原久子のことでございます。彼女は菅野由美が江崎建夫の殺害を企てていることを知っていました。アリバイの共犯者なのですから当然です。そして彼女は、その計画が失敗に終わり菅野由美が殺されたことを、今日になって知りました。では、菅野由美は誰に殺されたのか？　松原久子だけは、その答えを一瞬で見抜いたはずでございます。菅野由美は返り討ちにあったのだ、と」

「あ！」確かに、そのとおりだ。松原久子の立場に立てば、その結論は自然と頭に浮かぶ。特別な推理力も観察力も、刑事も執事も必要ない。「松原久子は『江崎建夫が菅野由美を返り討ちにした』ということを知っている――」

「そして思い出してくださいませ。風祭警部は江崎のアリバイ調べの際に、菅野由美の生前の姿が昨夜七時半に同じアパートに住むおばさんに目撃された、という趣旨のことを説明しています。そして江崎だけは、このおばさんの嘘を一瞬で見抜いたはずなのでございます。昨夜七時半に菅野由美が国分寺にいなかったことは、立川で彼女を殺した江崎自身がいちばんよく判っているのですから。では彼は、警察に向かって嘘の証言をするこのおばさんのことを、いったい何者だと思ったでしょうか」

「そっか！　影山が推理したのと同じね。江崎はそのおばさんが菅野由美の贋アリバイを証明する共犯者だってことに気づいてる。てことは――あ！」

麗子は短い悲鳴をあげ、叫ぶようにいった。「ということは、『そのおばさんは《江崎建夫が菅野由美を返り討ちにした》ということを知っている』――ということを江崎建夫は知っているわけね！　ああ、ややこしい！」

「ややこしくても、その可能性は高いと思われます」

だとすれば、江崎にとってそのおばさんは非常に危険な人物ということになる。彼女の証言ひとつで、この返り討ち殺人の真相はたちまち白日のもとに晒されるのだ。

江崎がこの状況を黙って受け入れるとは思えない。

「ん!? だけど、江崎はそのおばさんが松原久子だということを知らないわね……」

いや、たとえそうだとしても関係ない。いまの若葉コーポには女子大生とおばさんしか住んでいないのだから、標的を誤ることはない。麗子の身体に緊張が走った。

「やっと、あなたのいう意味が判ったわ。確かに、のうのうとソファでくつろいで、高いワインをがばがば飲みながら、これにて一件落着みたいな顔をしている場合じゃないわね」

いまこうしている間にも、江崎建夫は松原久子の口を封じるために国分寺に向かっているのかもしれないのだ。麗子は傍らに控える忠実なしもべに、すぐさま命令を下した。

「影山、いちばん速い車を用意して！ フェラーリで結構よ、早くして！」

と、そのときテーブルの上で麗子の携帯が着メロを奏でた。嫌な予感を覚えながら液晶画面を覗くと、発信者は風祭警部。麗子は目で影山を制して、携帯を耳に当てる。聞こえてきたのは、いつになく緊迫した警部の声だった。

『宝生君か。僕だ。大変なことが起こった。今日の事件に関係することなんだが』

「はい……ええ……えッ、松原久子が……はい……重傷を負って……警察病院ですね……そうですか……すぐ、参ります……では、後ほど……」

麗子は警部との短い通話を終えて、携帯を閉じた。そして傍らで待機する影山に、新たな指示を出した。

「フェラーリは取りやめよ。いつものリムジンを出してちょうだい」

「どうなさいました?」と影山は怪訝《けげん》な顔。「風祭警部からの緊急連絡だったのでは?」

「そうよ。若葉コーポの松原久子の部屋に賊《ぞく》が押し入ったんだって」

「江崎建夫でございますね。で、松原久子は重傷を負って警察病院へ?」

表情を曇らせる影山に、麗子は笑いを堪《こら》えながら事実を語った。

「いいえ、病院送りにされたのは江崎建夫のほうよ。松原久子、今夜も飲んでいたのね。無茶苦茶に一升瓶振り回して、ナイフを持った江崎を叩きのめしたんだってさ」

酔ったおばさんは最強ね——と呆《あき》れる麗子の前で、影山の表情が一瞬微笑むように弛《ゆる》んだ。

「犯人は返り討ちにされたのでございますね。——それはなによりでございました」

第三話
犯人に毒を与えないでください

1

すでによく知られたことであるが、『宝生《ほうしょう》グループ』といえば鉄鋼、電気、精密機械から食品、薬品、釣り用品、果ては新聞、雑誌に本格ミステリまで、ありとあらゆる業種を見境なく手がける巨大複合企業。その総帥《そうすい》、宝生清太郎《せいたろう》の居城《きょじょう》である宝生邸は、東京の西、国立市《くにたち》の片隅にあり、あたり一帯をはた迷惑なほどに占領していることで有名である。

高い塀に囲まれた広大な敷地には、風格ある西洋建築が聳《そび》え、洒落《しゃれ》た離れがあり、怪しい蔵があり、無駄な噴水があり、庭には二羽ニワトリがいて、イヌがいてウマがいてシカがいて、ゾウやキリンが草を食《は》みライオンが駆け回っている——と、国立市民の間では噂《うわさ》の止《や》む暇《いとま》がない。だが、もちろんこれらは単なる都市伝説。どれが事実でどれが嘘《うそ》でどれがギャグなのか、もはや誰《だれ》にも判《わか》らない。宝生邸の内部は、多くの市民にとってけっして垣間《かいま》見ることのできない秘境である。

そんな宝生邸の庭の桜もほころびはじめた、三月下旬の早朝のこと。

華やかなレースで飾られた天蓋《てんがい》付きのベッド、いわゆる《お姫様ベッド》の上で目覚めた宝生麗子《れいこ》はいきなり、「ひっくしょーん！」と、お嬢様らしからぬ盛大なくしゃみ。

ズズ――と鼻を鳴らしたかと思うと、さらに駄目押しの一発。「へっくしょぉーい！」

麗子は羽毛布団をパジャマの胸元まで引き寄せ、「うう、寒ッ」と肩を震わせた。

「――にしても、いまのくしゃみは、我ながら可愛《かわい》くなかったわね」

富豪令嬢たるもの、咄嗟《とっさ》に飛び出すくしゃみひとつにも気品が求められるというもの。無闇《むやみ》やたらと唾《つば》を飛ばし大声を発する中年男とは訳が違うのだ。それに――迂闊《うかつ》なところを見せていると、またあの男に馬鹿《ばか》にされてしまう。

「それだけは絶対、嫌……気をつけなくちゃ」

自分に言い聞かせた麗子は、ベッドサイドの呼び鈴を鳴らし、あの男を呼んだ。

あの男とは、宝生家に仕える若き執事、影山《かげやま》のことである。知的な銀縁《ぎんぶち》眼鏡にタキシード。長身痩軀《そうく》の執事は、呼び鈴が鳴って五秒もしないうちに麗子の寝室をノックした。

「おはようございます、お嬢様」寝室に足を踏み入れた執事は、まずはベッドの上の麗子に向けて恭《うやうや》しく一礼。そして警戒するようにベッドの周囲を見回した。「………」

「どうしたの、影山？　なにか気になることでも？」

「いえ、べつに」と影山は落ち着いた声。「ただ、つい先ほど廊下を歩くわたくしの耳に、どこからか中年のオジサンじみた大声が聞こえたものですから、念のため警戒を……」

「へ、へえ……」やだ、その《オジサンじみた大声》って、ひょっとしてわたし!? わたしのくしゃみはオジサンっぽい!? 麗子は内心深く傷付きながら、「こ、ここにはオジサンもオッサンもいないわよ。きっと、お父様が自分の部屋でくしゃみでもしたんだわ」

「なるほど。確かに旦那様は立派なオジサンではございますが……」

と、影山は雇い主に対していささか敬意を欠いた発言。「ところで、わたくしになにか御用でございますか、お嬢様」

「もちろん、用があるから呼んだのよ」麗子はコホ、コホッと可愛らしく咳《せき》をして見せてから、「なんだか、風邪ひいたみたい。朝食はお粥《かゆ》がいいわ。それから体温計を持ってきてちょうだい。きっと熱があるはずだわ……コホッ、今日は仕事、休もうかな……」

そういいながら麗子はチラリと横目で執事の反応を確認。しかし影山は普段どおりのクールな横顔を覗《のぞ》かせるばかりだった。

それから、しばらくの後。宝生家のダイニングにて――

「思うに、お嬢様がお風邪を召されたのだとすれば、それは今朝の冷え込みのせいでございましょう。まさしく花冷えとはよくいったもの。昨日までの春めいた陽気から、今日は一転して真冬に戻ったかのような寒さでございます」

そういいながら影山はトレーに載せた朝食を、優雅な仕草でテーブルに並べた。

麗子は湯気の立つ中華粥を眺めながら、相変わらず冴《さ》えない表情。ピッという電子音を合図に胸元に手を突っ込み体温計を取り出すと、液晶の数字を棒読みした。

「さんじゅーななテンにー……わ、三十七度二分！」麗子は目を見開き、勝ち誇るように体温計を傍《かたわ》らの執事に示した。「ほら、御覧《ごらん》なさい、影山。思ったとおり高熱だわ。これはもう今日の勤務は完全に不可能だわね。なにしろ三十七度二分だもの！」

だが影山は冷静、というよりも、むしろ冷ややかな視線を麗子に浴びせた。

「失礼ながら、お嬢様。三十七度ちょっとの熱で欠勤などとは、学校嫌いの中学生並みでございます。仮にもお嬢様は公僕《こうぼく》たる警察官。この程度で休みを取るようでは、市民から《税金泥棒》と後ろ指をさされてしまいますよ。それで、よろしいのでございますか」

「そ、そりゃあ、よろしくはないわね……」けど、《中学生並み》とは、なによ！

不満気に頬《ほお》を膨らませる麗子。そんな彼女の職業は、間違いなく警察官。これでもれっきとした警視庁国立署勤務の現職刑事だ。確かに、微熱で欠勤は褒められた話ではない。

「だけど、《税金泥棒》ってことはないいんじゃないの？　だって国立でいちばんたくさん税金払ってるのは宝生家だもの……」

麗子は説得力があるような、全然ないような言い訳を口にしてから、「判ったわよ、出勤すればいいんでしょ」と、ひと声叫んで蓮華《れんげ》を手にした。「ふん！　今日一日、全力で仕事して、帰宅した途端に高熱でぶっ倒れたら、全部あんたのせいだからね！」

勝手な理屈をこねながら、麗子は朝食のお粥を機械的に口に流し込む。

そんな麗子の姿を、影山は満足そうな笑みを浮かべて眺めていた。

そんなわけで、麗子は《高熱》を押して今日も国立署へ御出勤。

黒のパンツスーツに黒縁のダテ眼鏡、長い髪を後ろで束ねた地味なスタイル。見た目は平凡な駆け出しの女刑事そのものだ。誰も宝生家のお嬢様とは思うまい。ましてや、国立署のデカ部屋に集《つど》うむくつけき男性刑事どもは、観察力とファッションセンスが決定的に欠如しているため、麗子の正体に誰も気付かない。彼らの目にはバーバリーのパンツスーツもアルマーニの眼鏡も、全部《丸井国分寺《こくぶんじ》店あたりで買ったやつ》に見えるらしいのだ。

――いまさらいうのもナンだけど、これでよく刑事が務まるわね、この人たち。

と、凡庸《ぼんよう》すぎる同僚たちに半ば呆《あき》れる麗子である。

そんな連中に囲まれながら、麗子はなんとか仕事にかかる。だが、当然のことながら頭は冴えず、身体《からだ》はダルく、喉《のど》は渇き、両目は捨て犬のように潤《うる》みっぱなし。昼休み、あらためて熱を測ると三十七度三分！　麗子は早退しようかと本気で考えた。

こんな日はテキトーに書類の整理でもやったフリをして（ということは書類の整理すら、ちゃんとやらないってことだが）、さっさと帰宅するに限る。麗子はひたすら夕刻を待った。

ところが、ツイてないときはとことんツイてないもの。

国分寺で事件発生という第一報が国立署に飛び込んできたのは、午後二時のことだった。

麗子は熱っぽい身体に鞭《むち》を入れるようにして、デカ部屋を飛び出していった。

2

麗子が向かった先は、国分寺の西。恋ヶ窪《こいがくぼ》と呼ばれるその一帯は、武蔵野《むさしの》の面影を残す閑静な住宅地である。付近には「エックス山」という謎《なぞ》めいた愛称で呼ばれる雑木林。それに、ところどころではあるが昔ながらの野菜畑も残っている。

現場は大きな瓦葺《かわらぶき》の屋根が印象的な日本家屋だった。数名の制服巡査が現場の保存にあたる中、麗子は同僚とともにパトカーで乗りつけた。「桐山《きりやま》」という表札を確認しながら、立派な檜《ひのき》の門をくぐる。玄関を入り、巡査に案内されるまま屋敷の奥へ。

「こちらです」半開きになった扉を巡査が示す。

麗子は勢い良くその扉を開き、中へ。すると目の前に現れたのは血まみれの死体ではなくて――

「やあ、おはよう、お嬢さん。今日はやけに冷えるね」

風祭《かざまつり》警部だった。苦手な上司の登場に、麗子は思わず回れ右しそうになる。

警部は例によって眩《まばゆ》いばかりの白いスーツ姿。おまけに黒いコートに赤いマフラーである。これがこの冬の彼の定番ファッションなのだ。

ヤクザの若頭《わかがしら》と間違われて鉄砲玉の餌食《えじき》にされても知りませんよ――と麗子は思わず余計な忠告を口にしそうになりながら、「お、お疲れ様です、警部」と頭を下げる。

風祭警部は三十代の若さでありながら警部の肩書きを持つ国立署きってのエリート捜査官。その実態は、《スピードは出るが壊れやすいのが欠点》の自動車メーカー『風祭モータース』創業家の御曹司《おんぞうし》である。要するに、お金持ちのお坊ちゃまがエリート警部、というわけだ。浮世離れとはこのことか、と麗子は自分のことを棚に上げて、そう思う。

ちなみに、ほんの一ヶ月ほど前の事件において、麗子は絶体絶命の大ピンチをこの風祭警部に救われている。その意味では、彼こそは麗子にとっての《命の恩人》に他ならない。だが、その事実は麗子の中では屈辱と羞恥《しゅうち》に満ちた場面として記憶されている。まさに彼女にとって消去したい過去――いわゆる《黒歴史》――なのである。

ただし、麗子にとって幸いなことに、（ということは警部にとっては不幸なことだが）彼の頭の中からは、その決定的場面の記憶がすっかり抜け落ちてしまっているらしい。強い衝撃を受けた被害者が、記憶障害に陥るケースは珍しくない。警部もその一例なのだろう。

おかげで麗子と風祭警部の関係は、一ミリの変化もないまま今日《こんにち》に至っている。

「ところで警部、今日は非番だったのでは？　朝から姿が見えなくて、せいせい——いえ、なにか物足りないと思っていたんですよ」

「そうか。君に寂しい思いをさせたことは、申し訳なかった」

「…………」風祭警部特有の思い込みである。まさしく一ミリの変化もない男だ。

「今日は非番じゃなくて、有休を取ったんだ。実は、朝から高熱が出てね。とても激務には耐えられないと思ったのだよ。え!?　何度かって——三十七度二分だよ。な、高熱だろ」

「……さんじゅーななどにぶ」麗子は眉《まゆ》を顰《ひそ》め、そしてニンマリ微笑《ほほえ》んだ。「——えへ」

やーい、勝った勝った！　判定勝ちだ！　わたし、休んでないもんね！

どうでもいいところに勝利の喜びを覚え、麗子は今日いちばんの笑みを浮かべた。

「だが、重大事件発生とあっては、休んでもいられないだろ。だから、こうして有休を返上して、現場に参上したってわけさ。さて、無駄話はこれぐらいにして——どうだい、宝生君？　今夜、仕事帰りに夜景の見える素敵なレストランで、僕と一緒に本格フレンチでも……」

「警部、無駄話はそれぐらいにして、さっそく事件の捜査に移りませんか？」

「そ、それもそうだな。確かに君のいうとおりだ」

ディナーの誘いを一蹴《いっしゅう》された警部は、微《かす》かに頰を引き攣《つ》らせながら、室内に目を向ける。麗子も警部の背後から、現場を見詰めた。

そこは男性の寝室だった。板の間の上に木製のがっちりしたベッド。その傍《そば》には小さなテーブル。部屋の隅には、小型の薄型テレビ。目立つ家具はそれぐらいしかなく、全体としては質素な部屋という印象である。そんな中――

ベッドとテーブルの間に、寝間着《ねまき》姿の男が横たわっていた。髪は総白髪で、顔の皺《しわ》は深い。年齢は七十代と思《おぼ》しき老人だ。見たところ、外傷はない。ナイフで刺されているわけではないし、首にロープが巻かれているわけでもない。だが、その蒼白《そうはく》と化した表情から見て、すでに息絶えていることは歴然としていた。

「ふむ、殺人事件だと聞いて駆けつけたんだが、そうは見えないな。死因はなんなんだ？」

警部は首を捻《ひね》る。麗子も慎重に死体とその周囲に視線を巡らせた。

老人は痩《や》せた身体を「く」の字に折り曲げた恰好《かっこう》で死んでいた。半開きの口許《くちもと》の周辺には彼の嘔吐物《おうとぶつ》が広がっている。激しい嘔吐の末に、老人は死に至ったものと思われる。

ベッドの上に目を移すと、枕元《まくらもと》には懐中電灯とラジオ。掛け布団は、乱れて半分捲《めく》れている。敷布団の上には、黄色いタオルが無造作に置いてある。ベッドの脇《わき》のテーブルには五百ミリのペットボトルが一本と湯呑《ゆの》み。ペットボトルは透明な液体で八割程度まで満たされている。ラベルは剝《は》がされているが、見た感じでは中身は水のようだ。湯呑みの中を覗くと、そこにも透明な液体がわずかに残っていた。

それから麗子と警部は若干《じゃっかん》顔を顰《しか》めながら、老人の死体に顔を寄せていった。

その瞬間、麗子の鼻腔《びこう》をくすぐるアーモンド臭。

青酸性の毒は独特のアーモンド臭を放つと、法医学の教科書には必ず書いてある。とするとこれはひょっとして、青酸――

「青酸カリだあッ！」風祭警部は叫ぶや否《いな》や後ろに飛び退《の》き、麗子に警告を発した。「気を付けろ、宝生君！　無闇に顔を近付けないほうがいい。その湯呑みにもペットボトルにも触るんじゃない。青酸カリが付着している危険性があるぞ。――ううむ、そうか、そういうことなのか。判ったぞ。この老人は青酸カリでもって殺害されたのだ！」

「…………」

青酸カリ青酸カリと、そう馬鹿のひとつ憶《おぼ》えみたいにいわなくたって……

麗子は白けた気分で反論する。「あのぅ警部、青酸性の毒イコール青酸カリってわけじゃありませんよ。それに、もしこれが青酸カリによるものだとしても、殺人とは限らないのでは？　老人の服毒自殺の可能性も充分考えられると思いますよ」

「自殺⁉」警部の眉がピクリと引き攣った。「も、もちろんだとも。僕はその可能性を踏まえた上で、殺人の可能性を指摘しているのだよ。そういうふうに聞こえなかったかい？」

「…………」全然、そういうふうには聞こえなかったけれど、「なるほど、警部のおっしゃるとおり、この事件は自殺と他殺の両面からの捜査が必要なようですね」と麗子は警部を完璧《かんぺき》にフォロー。部下の務めを全《まっと》うするのは、しんどいものである。

ふぅ、と息を吐く麗子をよそに、警部は傍らに控える地元の巡査に尋ねた。

「ところで、この老人の身許《みもと》は？」

「はい。この老人は桐山耕作《こうさく》氏、この桐山家の当主であります――」

中年巡査の説明によれば、桐山家は先祖代々、恋ヶ窪で農業を営む昔ながらの農家。屋敷の周辺に畑を所有し、桐山耕作も自ら農作業に従事していたそうだ。ちなみに農業は国分寺の隠れた地場産業である。特産品はウド。麗子は食べたことがない。

「もっとも――」と巡査の説明は続く。「耕作氏も寄る年波には勝てず、昨年いっぱいで農業は廃業したようです。息子夫婦は農業を継ぐ気はないようでしたから、仕方ないことですが」

「桐山家の家族構成は？」

「屋敷に住むのは耕作氏とその妻、信子《のぶこ》さん、息子夫婦、それから女子大生のお孫さんの五人家族。その他、通いのお手伝いさんが一名と飼い猫一匹であります」

死体を最初に発見したのは妻の信子だという。ならば、とりあえずは彼女に話を聞くべきだろう。麗子と警部は桐山信子を別室に呼び出した。

桐山信子は六十九歳の痩せた老婦人だった。突然の夫の死に接して、彼女は取り乱した様子も見せずに、ただ強張《こわば》った表情を浮かべながら刑事たちの前に現れた。

なんなりとお聞きください、と毅然《きぜん》とした態度を取る信子夫人を、風祭警部は疑《うたぐ》り深そうな目で見詰めた。万事において単純な彼は、《第一発見者こそは最初の容疑者である》と素直に信じるタイプである。

「まずは死体発見に至る経緯を話していただきましょうか」

警部の質問に、信子夫人は小さく頷《うなず》き、感情を押し殺した声で答えた。

「主人は風邪気味だということで、今日は朝食を食べてしばらくしてから、寝室にこもってしまいました。薬を飲んで寝たようです。わたくしも安眠の妨げにならないようにと、寝室に近づくことは遠慮しておりました。ですが、正午を過ぎ一時を過ぎても、主人は起きてまいりません。昼食はどうするつもりなのか、それが気になったわたくしは、午後一時半を過ぎたころに夫の寝室の扉をノックいたしました。ですが、返事がありません。わたくしは扉を開き、中を覗いてみました。すると、寝室はすでにあのような状態で……」

ふいに言葉を詰まらせた信子夫人は、若干芝居がかった仕草で口許に手を当てた。警部は冷ややかな表情で、信子夫人にさらに詳しく事情を聞いた。

「耕作氏が寝室に入られたのは、正確には何時ごろのことでしょう」

「あれは午前十時ごろだったと思います。わたくしが庭で洗濯物を干していると、居間の窓越しに主人が声を掛けてきました。『風邪気味だから、寝室で休む。起こさないでくれよ』と。わたくしはただ『判りました』といって、そのまま庭で作業を続けたんです。ですから、主人が寝室にこもったのは、その直後のことでしょう」

「耕作氏が寝室に入られてから、様子をご覧になることはなかったのですか」

「ええ。どうせ寝ているだけと思っておりましたし、主人も『起こさないでくれよ』と念を押しておりましたから」

「なるほど。それで発見が午後まで遅れたわけですね。で、あなたは亡くなった耕作氏を発見して、どうしましたか」

「もちろん、倒れた主人に駆け寄って、身体を揺すったり呼びかけたりしました。でも、まったく反応がありません。それに、主人の身体がびっくりするぐらい冷たくなっていて……それで、わたくし思わず大きな悲鳴を……。それを聞いて、お手伝いの相川《あいかわ》さんが寝室にやってきました。相川さんはわたくしに代わって、主人の脈をみてくれました。しかし、やはり駄目でした。彼女は黙って首を振ると、わたくしを抱きかかえるようにして、寝室の外へ出ました。警察に通報してくれたのも相川さんです」

「寝室の様子は、あなたが死体を発見したときの状況と同じですか。あのテーブルの上のペットボトルや湯呑みに、手を触れたりしていませんか」

「ええ。ペットボトルも湯呑みも、それに敷布団の上の黄色いタオルも、枕元のラジオも懐中電灯も、いっさい手を触れておりません。その場所にあったままです」

「そうですか。いや、それは助かります」丁寧《ていねい》な仕草で頭を下げた風祭警部は、その直後、素早く後ろを振り向き、麗子の耳に囁《ささや》いた。「黄色いタオルとか懐中電灯とか、あの現場にあったかな？　え、あった？　そうか、いや、それならいいんだ」

「………………」観察力に欠ける刑事が、ここにも約一名……

麗子は白けた目で警部を見やり、そして自ら夫人に尋ねた。

「現場を見た奥様の印象をお聞かせいただけませんか。耕作氏のあのような姿を見て、どう思われました？　殺人、それとも自殺？」

麗子の率直過ぎる問いに、信子夫人はびっくりしたように目を見開いた。

「殺人ですって⁉　そんなはずはありません。主人が誰に殺されるというのですか。そんな恐ろしい話、想像さえできないことです」

そして、信子夫人は自分に言い聞かせるような口調で続けた。

「わたくしが思うに、主人は自殺したのではないでしょうか。いえ、主人が自殺するような心当たりは特にありませんが、なんとなくそんな気がいたします……」

3

麗子と風祭警部が現場となった寝室に戻ると、桐山耕作の死体はすでに運び出された後だった。死体の傍に広がっていた嘔吐物も、鑑識がすべてさらっていったらしく、床は綺麗《きれい》になっていた。ペットボトルと湯呑みも、すでに鑑識に回されている。

風祭警部はベッドの端に腰を下ろし、さも考えているかのようなポーズをとった。

「今日の朝、耕作氏は風邪気味だといって寝室に入った。だが、本心は自殺する考えだった。ひとりになった彼は、ペットボトルの水を湯呑みに注《つ》ぎ、それからあらかじめ用意していた毒を口にし、湯呑みの水で流し込み、願いどおり死に至った――」

警部は自分の仮説に満足した様子で、ひとつ大きく頷いた。

「ふむ。こう考えれば、なるほど確かに、耕作氏は自殺と見えなくもないな。遺書は見当たらないが、遺書のない自殺は珍しくない。——そうだろ、宝生君」

「ええ、確かに」麗子はいちおう賛同の意を示しながら、ひとつの疑問を抱いた。容器が見当たらない。毒を入れた容器は、どこに消えたのだろうか。

「あの、警部……」

問題提起をしようとする麗子の言葉を遮《さえぎ》って、

「問題は容器だ!」警部が叫ぶ。「青酸カリは裸で持ち歩くものではない。耕作氏が自分で用意した青酸カリを、この寝室で飲んだのなら、死体の傍にはその容器が転がっていなくては話が合わない。どうだ、宝生君!」

「………」どうだ、と勝ち誇られたところで、麗子もまったく同じ考えだから、特に感心はしない。ただ、無表情なまま「おっしゃるとおりです、警部」と答える麗子だった。

そして、警部はやおらベッドを下りて這《は》いつくばると、床の上やベッドの下を丹念に捜索し始めた。消えた容器を捜しているのだろう。仕方がないので、麗子も上司に倣《なら》う。

だが、どれほど覗き込んでも、ベッドの下にはなにも見当たらない。その代わり、壁際の床の上に細長い茶色いゴムが一本見つかった。「――警部、こんなものが」「ん⁉」警部は麗子の摘《つま》んだ物体に顔を寄せ、見たままの事実を口にした。「なんだ。切れた輪ゴムじゃないか。そんなもの、事件となんの関係が？　ただのゴミ屑《くず》だろ」

まあ、ゴミ屑といわれれば、確かにそうとしか見えない。麗子は拾ったゴムをテーブルの上に置き、再び床に視線を落とす。

すると数分後、四つん這いの刑事たちの執念はついに実を結んだ。

「あったぞ、宝生君！」

部屋の隅に置かれた小型薄型テレビの台の下を覗き込んでいた警部が叫ぶ。彼が戦利品のように高々と掲げたもの。それは細長い透明の筒状の容器。ピルケースだった。本来は錠剤などを入れる容器だが、毒薬を保管するのにも使えるものだ。中身は空《から》だったが、わずかな微粒子がケースの底に残っているのが判る。

警部は本体と繋《つな》がったキャップを指先で弾《はじ》いて開けると、ケースに鼻を寄せた。

「間違いない。これこそ青酸カリの容器だ。耕作氏はこの容器に入った青酸カリを自ら飲んだ。そしてケースを放《ほう》り捨て、湯呑みの水を飲んだ。捨てられたケースは床の上を滑って、このテレビ台の下に隠れた。これで筋は通る。そうだろ、宝生君」

「…………」なるほど、確かに筋は通る。だが、麗子はなぜか急に不安になった。

考えてみると、過去に風祭警部が筋の通った仮説を披露《ひろう》したとき、たいていそれは間違っていた。その経験則からいえば、桐山耕作の死は自殺ではない。これは自殺に見せかけた殺人ということになるが……いや、それは考えすぎか……警部だって、たまにはアタリを引き当てることも……だけど、いままでが惨敗《ざんぱい》続きだし、今回だって……

考えれば考えるほど、桐山耕作の死が難解なものに思えてくる麗子だった。

それからしばらく後——

麗子と風祭警部は桐山邸の大広間の様子を、薄く開けたふすまの陰から覗いていた。だだっ広い畳の間には、五人の男女が思い思いの姿勢で座っていた。麗子は、これまでに収集した情報を、警部に対して小声で説明した。

「耕作の妻、信子は判りますね。その隣にいる中年男性が息子、和明《かずあき》です。彼は国分寺で無農薬野菜が売りのオーガニックレストランをやっています。要するに、飲食店経営者ですね。ちなみに和明は信子の連れ子で、耕作との間に血の繋がりはないそうです」

「ほう、それは聞き捨てならない情報だな」

「和明の隣にいる化粧の派手な女性が彼の妻、貴子《たかこ》です。専業主婦ですが、家事の大半は信子夫人に任せて、自分は趣味とお稽古事《けいこごと》に熱中する日々なのだとか。その後ろで退屈そうに髪の毛をいじっている若い女が、ひとり娘の美穂《みほ》。昨年、女子大に入ったばかりで、いまはサークル活動と合コンに明け暮れる毎日だそうです」

「もうひとりいるじゃないか」警部はふすまの隙間《すきま》に顔を寄せながら聞く。

「エプロン姿の若い女ですね。彼女は相川香苗《かなえ》、見てのとおりお手伝いさんです」

「なるほど。よく判った」警部はふすまの隙間から顔を離すと、つまらなそうにボソリといった。「しかしなあ、耕作氏は十中八九青酸カリ自殺だと、そう決まってるんだ。関係者の事情聴取も、もはや時間の無駄のような気がするんだけどね」

「予断《よだん》は禁物です、警部。それに警部はこの手のシチュエーション、お好きなはずでは？」

　皮肉のこもった麗子の言葉に、風祭警部は二枚目風の微笑を浮かべて、

「もちろん、大好物だとも。――では、いくぞ、宝生君」

　警部は並んだ引き手に両手を掛け、二枚のふすまを左右にパーンと勢い良く開け放つ。自らの登場シーンをそこまで派手に演出する理由が、麗子にはサッパリ判らない。

だが、関係者一同の注目を一身に浴びながら、大広間の中央へと進み出る風祭警部は、間違いなく上機嫌。歌舞伎《かぶき》役者のように一同を睨《にら》みつけると、こう切り出した。

「桐山耕作氏が亡くなりました。青酸性の毒物を口にしたものと思われます――」

この警部の発言に、素早く反応したのは和明だった。

「青酸カリですね。父は青酸カリを飲んで自殺したんですね」

「おや、待ってください」警部はわざとらしく首を傾《かし》げて問い返す。「わたしは耕作氏が自分で毒を飲んだとはひと言もいっていませんよ。殺人の可能性は充分に考えられます。それに、細かいようですが青酸性の毒イコール青酸カリではありませんので、念のため」

おお、さすがプロの刑事だ！　キレ者だ！　というような間違った雰囲気が一気に大広間に広がった。ついさっき、ふすまの向こうで「十中八九青酸カリ自殺」と断言したのはどこの誰？　麗子は密《ひそ》かに溜《た》め息《いき》を吐《つ》いた。

「ち、ちなみに」と和明が声を震わせた。「父が死んだのは何時ごろのことなんですか」

「死亡推定時刻なら午前十時前後であると、監察医の所見がそのように出ています。ちょうど午前十時ごろに信子夫人が生前の耕作氏と会話を交わしていますから、実際に耕作氏が死亡したのは、十時を少し回ったころと見てよろしいかと……」

「午前十時！」警部の言葉を皆《みな》まで聞かずに、和明がホッとした声をあげた。「よかった。だったら、わたしは関係がない。わたしは午前九時には国分寺の店に出て、仕込みに掛かっていた。それ以降も、ずっと店にいた。従業員たちが、そう証言してくれるはずだ」

「ちょっとなによ、あなた」不満そうな声をあげたのは、妻の貴子だ。「自分だけアリバイを主張して、容疑を逃れようってわけ⁉ そんなのズルイわ。だったらあたしだって午前十時ちょっと過ぎには、お隣の奥さんたちが迎えにきて、一緒にお茶のお稽古に出掛けていたわよ。それからはずっと皆さん方やお茶の先生と一緒だったわ」

「ママ、それが、なんのアリバイになるっていうの？」と、娘の美穂が指摘する。「おじいちゃんが死んだのは、まさしく午前十時過ぎなのよ。ママがおじいちゃんに毒を飲ませて、それからお茶のお稽古に出掛けたとしても、全然おかしくないじゃない」

この開けっぴろげな物言いに、貴子は目を三角にして甲高い声をあげた。

「美穂、なんてことというの！　ママがおじいちゃんに毒を飲ませるわけないでしょ！」

「そうだぞ、美穂。無闇に身内を疑うものじゃない」和明も娘を窘《たしな》める。「ところで、美穂は午前十時ごろ、どこでなにをしていたんだ？」

「思いっきり疑ってんじゃねーか！」と、美穂はいかにもいまどきの女子大生らしい言葉遣いで父親に罵声《ばせい》を浴びせかけた。「あたしにはアリバイなんか、ないっての。午前十時ごろなら、ずっとこの家の自分の部屋にひとりでいた。友達の車で一緒に大学に出掛けたのは、確か十時半だった。それ以降は、ずっと大学で誰かしらと一緒だったけどさ」

そして、美穂はぞんざいな口調を改めると、警部のほうを向いた。

「でも信じてくださいね、刑事さん。あたしはおじいちゃんを殺したりしていません」

「いや、信じるも信じないも……」

風祭警部は困惑の表情を浮かべながら、和明、貴子、美穂の三人の顔を見やった。

「みなさん、なにか勘違いされているようですね。今回の事件でいくらアリバイを主張したところで、なんの意味もないのですよ。なぜなら、耕作氏は毒を飲んで死んでいるのです。仮にこれが殺人だとした場合、犯人は死亡推定時刻の午前十時過ぎに現場にいる必要はまったくない。耕作氏が口にしそうなものに、前もって毒を仕込んでおけばいいのですから。その仕込みは今日の午前七時でも八時でもいいし、前の晩でもいい。いや、ひょっとしたら一週間も前から毒は仕込まれていたのかもしれません。例えば、耕作氏が日常的に飲む薬やサプリメント、あるいは風邪薬などに……」

風祭警部の言葉を聞いて、桐山家の人々の間に緊張が走る。一方、警部は先ほどまでの《自殺説》からアッサリ転向して、これが毒殺事件であると決めてかかっている様子である。たぶん、そっちのほうが面白いと判断したのだろう。

するとと、さっきまでアリバイを問題視していた三人が、一転して態度を翻《ひるがえ》した。

「か、考えてみればアリバイなんてどうでもいいじゃないか。だって父は自殺なんだから」

「そ、そうだわ。お義父《とう》様は最近、体調が優れないとこぼしてらっしゃった」

「そういえば高齢者の自殺は珍しくないって、新聞にも出ていたしね」

殺人容疑という荒波を前にして、バラバラだった家族は突如として結束を取り戻したようだ。

一連の様子を黙って見ていた信子夫人は、「嘆かわしい……」と首を左右に振った。

するとそのとき、信子夫人の背後に控えるお手伝いさん、相川香苗が小さく叫んだ。

「あら、シロじゃないの！　どこにいっていたの！」

相川香苗の視線は、先ほど警部が開け放したふすまのほうに注がれている。

麗子がそちらに顔を向けると、いつの間に現れたのだろうか、そこには真っ白な猫の姿があった。

白猫だからシロなのだろう。そういえば、桐山家の家族構成の中には飼い猫が一匹含まれていたことを、麗子は思い出した。それにしては、いままで姿を見かけなかったが……

「やあ、戻ってきたのか、シロ」和明が白猫を抱き上げながら刑事たちに説明した。「実は、シロの奴《やつ》、一週間ほど前から姿を隠していたんです。それで父はずいぶん捜し回っていたんですが、どこにも見つからなくて――なあ、貴子」

「そうね。お義父様はシロを毎晩、抱いて寝るぐらい可愛がっていたわ。だからいなくなって、とてもさみしがっていたみたい。ねえ、美穂」

「うん、おじいちゃん、もうシロは戻ってこないって、諦《あきら》めていたみたいだった。――あ、ひょっとしてシロがいなくなったことも、おじいちゃんの自殺の原因かも」

「うむ、それは考えられるな」和明が猫の頭を撫《な》でながら頷く。「ペットを失って気力をなくした高齢者が、ふと自殺に走る。――そういう話、よくありますよね、刑事さん?」

「ふーむ、自殺の原因はいなくなったペットですか」

風祭警部は右手で髪の毛を掻《か》き上げると、独り言のように呟《つぶや》いた。

「ま、確かに、あり得なくもないか……」

4

　大広間での事情聴取が終わって、二人の刑事は互いの印象を率直に語り合った。

「飼い猫がいなくなって老人が自殺した、という線は確かにあり得る。やはり自殺なのか……」

「もともと警部は自殺だとおっしゃっていました。毒物の容器も現場にありましたし」

「だが、和明と貴子の夫婦、そして娘の美穂、あの三人の様子はどうだ。桐山耕作氏の死を悼《いた》むどころか、自分の無実を訴えるのに必死じゃないか。逆に怪しいぞ」

「確かに、聞かれてもいないアリバイを主張していました。では、彼らの中に真犯人が？」

　この麗子の何気ない問い掛けに、風祭警部はそのまま乗っかるように、

「うむ、そうだ。君がいうとおり、耕作氏に毒を盛った真犯人は彼らの中にいる。十中八九、そうに違いない。僕も君とまったく同じ考えだよ、宝生君」

「………」麗子はタダ乗りされたタクシー運転手のような気分。だが、部下の発言にタダ乗りする上司を取り締まる法律は、この国にはない。麗子は苦笑いするしかな

かった。

ちなみに麗子自身は、桐山耕作の死を自殺とも他殺とも判断しかねている。息子夫婦たちの振る舞いは死者に対して冷淡で褒められたものではないが、単に利己的なだけとも考えられる。かといって自殺と決め付けるのも単純すぎる気がするし……

だがひとつだけ、事情聴取の結果ハッキリしたことがある。要するに風祭警部は今回の事件について明確な見解があるわけではなく、単にいきあたりばったりの思考を垂れ流しているに過ぎない、ということだ。ま、普段どおりといえば、普段どおりなのだが。

そんな風祭警部は、これも単なる思い付きの一環かもしれないが、麗子を引き連れて桐山邸の台所へと向かった。ちょうどお手伝いさんの相川香苗が白猫に猫缶を与えているところだった。シロは腹ペコらしく、一心不乱に缶詰の餌《えさ》をむさぼっている。

「ああ、相川さん、ちょうどよかった。——おや、シロも一緒ですね」

警部はたぶん《動物好きの親しみやすい刑事さん》を演じたい衝動に駆られたのだろう。べつに好きでもないくせに、「やあ、可愛い猫ちゃんだ」といいながら白猫の前にしゃがみこみ、じゃらすように指を差し出す。

白猫は「にゃあ」とひと声鳴いてから——ガブッ。嚙《か》み付いた。警部の指をウインナーかなにかと間違えたらしい。警部の顔面は一瞬で紅潮した。

「駄目よ、シロ」相川香苗が白猫を窘める。「そんなの食べても美味《おい》しくないわよ」

実際、美味しくなかったらしい。シロは「おえーッ」とばかりに警部の指を吐き出した。

警部は自分の指先が欠けていないことを確認し、「……あ、あまり可愛くない猫ちゃんですね、ハハハ」と引き攣った笑みを浮かべながら、猫を睨んだ。

「はい、刑事さんのおっしゃるとおり、シロはたいして可愛い猫ではありません」

そういう相川香苗も、あまり可愛いお手伝いさんではなさそうだ。物言いが辛辣《しんらつ》すぎる。

「ほう、そうですか。しかし、先ほどの大広間でのやり取りからすると、耕作氏はこの白猫をたいそう可愛がっていたそうですね。毎晩一緒に寝るほどだったとか」

「さあ、どうでしょうか」意外にも相川香苗は腑《ふ》に落ちない表情。「わたくしは通いの家政婦ですので、夜中のことはよく判りません。ですが、わたくしの見る限りでは、旦那様はシロのことをそれほど可愛がっていなかったような気がします。一緒に暮らす猫だからそれなりの愛情はあるにしても、特別に好きという感じには見えませんでした」

「ふむ。つまり猫への愛情は普通だった。猫可愛がりじゃなかったということですね」

「はあ、猫は可愛がっていましたが」「じゃあ、猫可愛がりしていたんですか」「いえ、猫を可愛がっていただけです」「つまり猫可愛がりですね」「いえ、猫を猫可愛がりはしていません」「猫を可愛がっていなかった？」「いいえ、猫は可愛がっていました」「ほら、猫可愛がりだ」「じゃなくて、猫は……」

「警部！」痺《しび》れを切らして麗子が口を挟む。「『猫可愛がり』という言葉は、猫以外の話題のときに使うべきでは？　話がややこしくなるだけですよ」

そして麗子は警部に成り代わって、目の前のお手伝いさんに尋ねた。

「耕作氏はシロに対して、さほどの愛情を注いでいなかった。ということは、一週間ほど前にシロが行方不明になったことと、今回の耕作氏の死は無関係だということですか」

「そう思います。和明様たちは自殺だといってらっしゃいましたが、シロがいなくなったくらいで、旦那様にそれほどの精神的なダメージがあるとは思えません。多少、落ち込むぐらいのことはあるとしても、それで自殺に走るなんて考えられません」

「では、あなたは今回の事件は自殺ではなく、殺人だと？」

「それは……」相川香苗は一瞬言葉に詰まると、「いいえ、わたくしには判りません」

と首を左右に振った。麗子はこれ以上の追及は無意味と判断して質問を終えた。代わって風祭警部が違った方向からアプローチを試みる。

「あなたが生前の耕作氏を最後に見たのは、いつのことですか」

「旦那様が寝室にこもる少し前、この台所にいる姿を見たのが最後でした。旦那様はお薬を飲んでいらっしゃいました」

「薬⁉」警部の目がキラリと輝きを放った。「それはどんな薬です？　風邪薬ですか、あるいは他の常備薬？　それとも青酸カリ？」

「………」そんなもの飲んだら、その場で死んじゃいますよ、警部。

麗子は心の中で上司の発言にツッコミを入れたが——いや待てよ。青酸カリを飲んでもその場では死なない、そんな手段もあったっけ、と麗子は密かに思い直した。

「旦那様が飲んでらっしゃったのは、風邪薬と血圧を下げるお薬です。風邪薬は市販の粉薬。血圧のお薬はお医者様から処方されたカプセル薬ですわ」

その言葉を聞いた瞬間、警部は異常な興奮を示し、目の前のお手伝いさんに摑《つか》みかかった。

「カカカ、カプセル薬！　そそそ、その薬、どどど、どこにあるんですか！」

警部のあまりの剣幕に、相川香苗の顔は引き攣り、足元の猫は白い毛を逆立てた。

「血圧のお薬は、その冷蔵庫の中にあります。ええ、旦那様は毎日飲むお薬を冷蔵庫に保管しておく習慣でした。ご覧になりますか」

そういって彼女は台所の片隅に置かれた冷蔵庫の扉を開けた。取り出したのは、プラスティック製のピルケース。半透明の容器に納まっているのは、黄色いカプセル薬だった。

「耕作氏は処方されたカプセル薬を、このような形で保管し、毎日飲んでいたわけですね。だが、これは大変に軽率な保管方法だ。逆に犯人にとってはおあつらえ向きといえる……」

風祭警部は深く考え込むように顎《あご》に手をやると、「宝生君！」と傍らの麗子にいきなり問いかけた。「君はこのカプセル薬の持つ意味が判るかい？」

カプセル薬は薬の効果の発現を遅らせる役割を果たす。耳掻き一杯分飲めば即死亡とされる青酸カリでも、カプセルで覆《おお》えば、飲んでたちまち死に至ることはない。耕作氏が午前十時前に台所で飲んだ薬の効果が、十時を過ぎたころ、寝室のベッドの上で現れたとしても不思議ではない。このカプセル薬を利用すれば、犯人は難なく耕作氏に猛毒を飲ませることができるわけだ。思わぬ展開に麗子も興奮気味に口を開く。

「警部！　犯人はこのカプセ――」

「判らないなら教えてあげよう、宝生君！　犯人はこのカプセル薬に毒を仕込んだのだよ。そうとは知らない耕作氏は普段どおりに血圧を下げる薬だと思い込んだままそれを飲み、寝室にこもった。やがて胃の中でカプセルが溶けて、耕作氏の身体に毒が回った――というわけだ。どうかな、宝生君？　僕の推理になにか疑問な点でも？」

「……いえ、警部のおっしゃるとおりだと思います」

麗子は感情のない声で賛同の意を表した。誰でも思いつくような推理を、あたかも自分だけの特別な名推理であるかのように得意げに語るのは、風祭警部の特技みたいなものだ。

麗子の反応に気を良くした警部は、あらためて相川香苗に向き直った。

「薬を飲み終えた耕作氏は、それからどうしましたか」

「ええっと……そう、ペットボトルを持って台所を出ていかれました」

「ペットボトルというのは、例の寝室のテーブルにあったものですね」

「はい、同じものだと思います。それを手にしたまま、旦那様はいったん居間に向かわれると、庭にいる奥様と窓越しに二言三言、お話しになったようです」

「『風邪気味だから寝る。起こさないでくれ』というような会話ですね。信子夫人の証言にありました。では、その後ですね、耕作氏が寝室にこもったのは」

「はい――」と、いったん頷きかけたお手伝いさんは、またすぐに取り消すように顔を左右に振った。「いえ、旦那様は寝室へこもられる前に、また台所に戻っていらっしゃいました」

「ほう、それはなんのためですか」

「それは、あの……たぶん事件とは無関係だと思うのですが……」

「関係のあるなしは、こちらが判断いたします。なんでも、いってみてください」

「はい、それでは」相川香苗は意を決したように顔を上げた。「旦那様はわたくしに『輪ゴムはないか』とおっしゃいました。それで、わたくしはエプロンのポケットにあった輪ゴムを一本、旦那様に差し上げました。旦那様は『うん、これでいい』といって、そのまま輪ゴムとペットボトルを持って寝室のほうに向かわれました」

「な、なに、輪ゴムですって！」警部の声が裏返る。「そういえば、確かに現場の床には、切れた輪ゴムが落ちていましたが……。しかし、いったいなんのために？　水の入ったペットボトルは、飲み水だとしても、寝室になぜ輪ゴムを持ち込むのですか」

「さあ、わたくしも不思議に思ったのですが、敢《あ》えて尋ねるほどでもないと思いまして……」

結局、輪ゴムの使い道には触れないまま、相川香苗は耕作氏を見送ったという。それが彼女にとって生前の耕作氏を見た最後の瞬間となったわけだ。

あらたに謎めいた存在として浮かび上がってきた、「輪ゴム」。その意味を摑みきれない麗子と風祭警部は、困惑した顔を互いに見合わせるしかなかった。

それから後も、麗子は風祭警部とともに捜査を続行。嫌がられるほどに関係者から何度も話を聞き、記憶に焼きつくほどに現場を執念深く眺めた。そして警部との間で延々と繰り返されるディスカッション。桐山耕作は殺されたのか、自殺なのか？　彼が死ぬ間際に輪ゴムを求めた意味はなにか？　答えが出ないまま捜査は深夜に及んだ。

その結果――

今日一日、全力で仕事をした麗子は、宝生邸に帰宅した途端、高熱でぶっ倒れたのだった。

5

「ほら見なさいよ、影山ぁ〜、全部、あんたのせいなんだからぁ〜」

《お姫様ベッド》の上で羽毛布団を顎まで引き寄せ、力ない声を発する麗子。

そんな彼女は、今宵《こよい》、豪華なディナーの代わりに風邪薬、ワインの代わりに葛根湯《かっこんとう》。ぬいぐるみの代わりに湯たんぽを抱えて布団に入ると、高熱の責任を傍らの執事に押し付けるのだった。

「あんたが税金泥棒なんていうから、こんなことにぃ〜」

「はあ。三十七度二分が三十七度四分になったことが、わたくしのせいでございますか？」

影山は手元の体温計の目盛りを見ながら、澄ました顔。少しも心配する素振りはない。そして影山は銀縁眼鏡を指先で軽く押し上げると、麗子に誘いを掛けるようにいった。

「思うに、お嬢様の体調が悪化したのは、今日の事件のせいでございましょう。ならばその一件、この影山に話してごらんになられては？　お嬢様にとっては、事件の解決がなによりの妙薬になるものと思われますよ」

「そんなことないわよ。事件が解決したって、わたしの風邪は治んないわ。だって風邪と事件は関係ないもの。わたしの身体は国立にあって、事件は国分寺で起こってんだから」

「ほう、舞台は国分寺でございますか。で、国分寺のどのあたり——」

「恋ヶ窪よ。住宅地の一角よ。そう、畑があるわ。被害者も以前は農業を営んでた。だけど、まだ被害者と呼べるかどうか未定だわ。自殺の可能性もあるんだし……」

ふむふむ、なるほど、とタイミングよく相槌《あいづち》を打つ影山。

そんな執事に乗せられて、結局、麗子は今日の事件の詳細を語った。影山は傍らの椅子《いす》に腰を下ろして、彼女の話を熱心に聞いていた。

だが、麗子自身、まだ事件の全貌《ぜんぼう》を語れる段階ではない。そもそも、桐山耕作の死が殺人事件と確定したわけでもないのだ。この状況では、いくら卓越《たくえつ》した推理力を誇る影山でも、事件全体を見渡すことは不可能だ。ならば、せめて自殺か他殺かの判断だけでも、彼の考えを聞いてみたい。それが麗子の偽らざる本音だった。

「――で、どう思う、影山？」麗子は事件についてひととおり語り終えると、ベッドの上から影山の見解を聞いた。「桐山耕作は自殺？　それとも殺されたの？」

「その問いに答える前に、いくつかお聞きしたいことがございます」

落ち着いた態度を崩すことなく影山は質問に移った。

「お嬢様のお話を聞く限りでは、耕作氏と息子夫婦との仲は、良好ではなかった様子。その原因はなんでしょうか。和明氏が信子夫人の連れ子だからでございますか」

「それもあるでしょうね。だけど、むしろ原因は、和明が桐山家の農業を継がなかったことにあるみたいよ。耕作は和明が自分の後を引き継いで、桐山家に代々伝わる畑を守ってくれることを熱望していた。ところが、和明はレストランの経営者になった。和明と貴子の間に男の子はいない。美穂も後継者にはなってくれそうもない」

「それで、とうとう耕作氏は代々続く畑を手放すことに……」

「いいえ。耕作は確かに農業を引退したけれど、それでも畑を手放すつもりはなかったみたい。耕作の遠縁に、今年農業大学を卒業する男性がいるんだって。耕作はその人に自分の畑を継がせたい考えだったみたいよ。例えば、養子にするというような方法で」

「それは息子夫婦にとっては、大きな不利益でございますね。遺産の取り分が大きく目減りする可能性がある。なるほど……ちなみに、和明氏のレストランの経営状況は？」

影山の問いに、麗子は声を潜めるようにして答えた。「火の車、なんだって」

要するに、いまこのタイミングで和明や貴子が耕作を殺害する可能性は、充分考えられるということだ。麗子の話を聞いて、影山は満足そうに頷いた。

「では、べつの質問を。毒の種類でございますが、やはり青酸カリで間違いなかったのでございますか。青酸性の毒物は他にも種類がございますが」

「ええ、青酸カリよ。その点は風祭警部の決め付けが的中したみたい。結果的にね」

「なるほど。では次の質問を。現場のテーブルの上にあったペットボトルと湯呑みですが、中身は水で間違いございませんか。見た目が透明でも、真水とは限りませんよ」

「もちろん、それは鑑識が調べたわ。ペットボトルの中身と、湯呑みに残っていた透明な液体、どちらも真水よ。間違いないわ」

「では、次の質問。ペットボトルの種類はなんでございましょうか」

「は⁉ ペットボトルの種類って、どういうこと⁉」

「ペットボトルのラベルは剝がされていた様子。ならば中身は水だとしても、ペットボトル自体は他の飲料のものである可能性がございます。例えば、飲み終えたウーロン茶のペットボトルに水道の水を入れて、再利用するような人は大勢いらっしゃいます。桐山耕作氏もそのタイプだったと思われるのですが」

「ああ、そういうことね。確かに、あのペットボトルは本来、水が入っていたものではなかったみたい。水のペットボトルは軟らかい材質で出来ているものが多いけど、現場にあったものは違っていたわ。もっと強度のある硬いペットボトルだった。あれは本来、お茶なんかが入っていたペットボトルじゃないかしら。――ねえ、これってなんの質問？ ペットボトルの種類なんて、桐山耕作が死んだことと関係ないでしょ」

「いいえ、関係は大いにございますよ。おや、まだお判りになられませんか。ならば、もうひとつだけ、お嬢様にわたくしのほうから質問を」

そういって影山は、ベッドに横たわる麗子に向かい、畏《かしこ》まった口調で重大な問いを投げた。

「なぜ、お嬢様は数多くの事件を経験しながら、一ミリも進歩なさらないのでございますか？　ひょっとして、わざとでございますか？」

「…………」麗子は、なにをいわれたのか判らないまま、しばし沈黙。やがて口を噤《つぐ》んだまま布団の中で身を起こすと、「ケホ、ケホッ」と乾いた咳をしながら、「影山、ガウンをちょうだい」と執事に命令。差し出されたピンクのガウンに袖《そで》を通した麗子は、ふらつく身体でベッドを下り、おもむろに手にした枕を頭上に掲げると、

「影山あぁ――――ッ！」

裏切り執事の名を呼びながら、怒りの気合もろとも投げつけた。

「――ぶ！」

顔面で枕を受け止めた影山は、ズレた眼鏡を手で押さえながら、「お、落ち着いてくださいませ、お嬢様。これ以上、風邪を悪くしては明日のお仕事に差支えが……」

「差支えないわよ！　三十七度ちょっとの熱なんて、全然平気だっつーの！」

風邪のウイルスも逃げ出すほどの高いテンションで、麗子は影山ににじり寄った。

「一ミリも進歩がないですって！　冗談じゃないわよ。これでも以前に比べりゃ五ミリか十ミリは確実に進歩してるんだっつーの！」

「あまり自慢になりませんよ、お嬢様」

「う・る・さ・い」麗子は影山に向かって唇を尖《とが》らせながら、「ああ、そう。じゃあ、あなたはこれが自殺か他殺か、判るっていうのね。上等だわ。聞かせてもらおうじゃないの」

そして麗子はベッドの上にどっかと腰を下ろし脚を組むと、執事を挑発するようにいった。

「さあ、話してちょうだい。納得いかない推理だったら、承知しないんだから！」

影山は、やれやれというようにひとつ溜め息を吐くと、「かしこまりました」と立ったまま恭しく一礼。そして、おもむろにこう切り出した。

「お嬢様の前でこのようなことを申し上げるのは釈迦《しゃか》に説法でございますが、もともと毒殺事件というものはやっかいなもの。刺殺や絞殺と違い、毒殺の場合、犯人は事件発生の瞬間、現場に居合わせる必要がありません。前もって食べ物や器に毒を仕込んだり、あるいは殺したい相手に毒を薬と称して渡しておくことも可能でしょう。そうやって実際に誰かが毒を飲んで死んだ場合、自分で毒を飲んだのか、他人に飲まされたものなのか、それを後から警察が判別するのはなかなか難しいことでございます」

「そのとおりよ。だから、困ってるんじゃないの」

「では、いったいなにが事件解明のカギになるのでございましょう」影山は微かに口許にニヤリとした笑みを浮かべると、いきなり奇妙な問いを口にした。「ところでお嬢様——猫とペットボトル、両者の共通点がなんであるか、お気付きになりますか」

「はぁ!? 猫とペットボトルの共通点っていわれても……どちらも《ペット》とか!?」

麗子のシンプルな答えに、影山は虚を衝《つ》かれたように、「なるほど」と感嘆の声をあげた。

「素晴らしい答えでございます。この影山、お嬢様の豊かな発想に感服いたしました」

「え、じゃあ、当たり!?」

「いえ。わたくしの想定した答えとは違います。あ、それから水を入れたペットボトルが電信柱の猫避《よ》けに使われる云々《うんぬん》——といった答えも、正解とは異なりますので、念のため」

「ああッ、それ、いまいおうと思ったのに!」

真剣に悔しがる麗子。この手のクイズには絶対正解したい、負けず嫌いな女子なのである。「ちょっと待ってね、影山。まだ正解、いわないで……絶対正解してやる！えーと、猫とペットボトル、猫とペットボトル……」

「お嬢様、残念ながらタイムオーバーでございます」

無情にも影山はそういって話を区切ると、あらためてべつの疑問点を口にした。

「話は変わりますが、関係者の証言によると、耕作氏は飼い猫のシロが大好きだったという話と、それほどでもなかったという話と、両方ございました。この微妙に食い違う証言の意味するものは、なんだと思われますか、お嬢様？」

「それは、個人の感じ方の違いに過ぎないいんじゃないの？」

「いいえ、そればかりではございません。ポイントは耕作氏がシロを『毎晩抱いて寝ていた』という部分でございます。毎晩抱いて寝ていたから、家族の目には耕作氏が猫を溺愛《できあい》しているように見えた。逆に、そのことを知らない通いのお手伝いさんの目には、耕作氏の猫への愛情がそれほどには映らなかった。そういうことでございましょう」

「確かに、そうかもしれないわね。——で、なにがいいたいの、影山？」

「毎晩猫を抱いて寝る理由。それこそが大事なのでございます。耕作氏の場合、その理由は猫に対する深い愛情ではございません。彼の猫に対する執着はさほどでもなかった。そんな耕作氏が、わざわざ毎晩猫を抱いて寝る。その合理的かつ現実的な理由は、ほとんどひとつしか考えられません。すなわち――」

影山は指を一本立てて、堂々と結論を語った。

「猫を抱いて寝れば温かくて気持ちいい。電気代も掛からないし、温かくして寝れば風邪もひかずに済む。耕作氏が猫を抱いて寝る理由は、そんなところかと思われます」

「え、そんな理由⁉」いったんは呆気《あっけ》にとられた麗子だが、考えるにつれて影山のいうことが真実に思えてきた。「確かに猫は温かいわね。特に冬場は重宝かも」

「しかし、残念ながら桐山家のシロは一週間ほど前から姿が見えなくなっていました」

「てことは、この一週間ほど、桐山耕作は猫を抱いて眠れなかったってことね」

「さようでございます。おまけに今朝はここ最近にない冷え込みでございました。そのせいかどうかは判りませんが、今日になって耕作氏は風邪をひいた様子。そこで朝食後、耕作氏は風邪薬を飲み、ひとりで寝室に引っ込もうといたします。ですが、いつもベッドを共にしてきたシロは相変わらず行方不明。そこで急遽《きゅうきょ》、彼はあるものを利用することを思い付き、それを実行したのだと思われます」

「あるものって、なによ?」

影山はまるで切り札のようにその言葉を口にした。「ペットボトルでございます」

「現場にあったアレね。でも、水の入ったペットボトルを、どう使うっていうのよ」

麗子の問いに影山は深い落胆の表情を浮かべた。「ああ、お嬢様はいまだに勘違いなさっておいでです。耕作氏のペットボトルの中身は水ではございません」

「はぁ、なにいってんの、影山⁉　ペットボトルの中身は水よ。鑑識が調べたんだから間違いないって、さっきそういったじゃない」

「いいえ、鑑識の検査結果がどうあれ、耕作氏が寝室に持ち込んだペットボトルの中身は水ではありません」

「無茶いわないでよ。水じゃないなら、いったいなんだっていうの？」

麗子の問いに、影山はいとも明快に答えた。「お湯でございます」

「お湯⁉」意外な答えに、麗子は一瞬呆気に取られる。

水じゃなくてお湯。科学的には同じ物質だが、確かにお湯は水とは違う。「でも、なんで桐山耕作がペットボトルにお湯を入れて寝室に持ち込むのよ。飲むの？」

「飲料用ならば、冷たい水か温かいお茶にするのでは？」

「そうよね。それじゃあ、なんでお湯を？」

「お湯を入れたペットボトルの利用方法としては、有名なものがひとつございます」

影山は充分に間合いを取って、答えを口にした。

「湯たんぽの代用品でございます」

「湯たんぽ!? あ、そーいうことなのね!」

麗子はようやく合点がいった。「桐山耕作は暖をとるために猫を抱いて寝ていた。その猫がいなくなると、今度はお湯を入れたペットボトルを猫代わりにして抱いて寝ようとした。それでやっと判ったわ。『猫とペットボトルの共通点はなに?』っていう、さっきのクイズ。答えは、『どちらも湯たんぽ代わりになる』ってわけね」

「正解でございます、お嬢様」

影山はおごそかに一礼し、麗子に敬意を示した。

「でも、基本的なことを聞くけど、ペットボトルって本当に湯たんぽ代わりになるの?」

「はい。現実にペットボトルにお湯を入れて湯たんぽ代わりに抱いて寝る人は、結構いると聞きます。軟らかい材質で作られたペットボトルは、お湯を入れると熱のために変形し、お湯が漏れたりしますが、お茶のペットボトルなどは耐熱性に優れていますから、お湯を入れても変形しにくいようです。——ただし!」

影山は麗子の目の前に指を一本立て、威嚇《いかく》するように重大な警告を発した。

「念のために申し上げておきますが、所詮《しょせん》、ペットボトルは暖房器具ではありません。ペットボトルの湯たんぽは、本来の使用方法と異なりますので、けっしてお勧めはいたしません。もし、お嬢様がおやりになる場合は、どうか自己責任で」

「やらないわよ！　なんで、わたしがペットボトルを抱いて寝なきゃならないのよ！」

麗子は自分の湯たんぽを抱きしめながら叫ぶ。ちなみに、麗子のそれは宝生家に先祖代々伝わるトタン製の湯たんぽ。それに麗子が緑のカバーを掛け、頭と足と尻尾《しっぽ》をつけて、全体としては緑亀の形になっている。それを見るうち、麗子はようやく気が付いた。

「そういえば、現場のベッドの上に黄色いタオルがあったわ。あれはペットボトルの湯たんぽを包むためのカバーだったんじゃないかしら」

「お察しのとおりかと存じます。そこまでお判りになれば、もはや謎めいた輪ゴムの使い道さえも、お嬢様には想像がついていらっしゃるのでは？」

「も、もちろんよ。当たり前でしょ」

そういってから、麗子は慌てて考える。輪ゴムは、えーと……「そう！　輪ゴムはペットボトルを包んだタオルを縛るためのものよ。タオルで包んでいるだけじゃ、寝ている間にタオルが外れちゃう。だから輪ゴムで留めておく必要があったのね」

「さすがお嬢様。慧眼《けいがん》でございます」

影山は歯の浮くようなお世辞を披露しながら、にこやかに微笑んだ。

「さて、以上のことから、耕作氏が寝室に持ち込んだペットボトルが湯たんぽ代わりであることは、充分納得していただけたものと思います」

「そうね。タオルや輪ゴムの意味が、これで綺麗に説明付くものね。でも、待って。ペットボトルの湯たんぽと、桐山耕作の死の謎と、どう繋がるっていうの？」

「はい。まさに、そこが考えどころでございます」

影山の眸《ひとみ》が、銀縁眼鏡の奥で輝きを増した。

「よく、お考えくださいませ、お嬢様。仮に、寝室に引っ込んだ耕作氏が、そこで突如として自殺を決断したといたしましょう。自殺のための青酸カリもすでに入手済みだったとします。しかし仮にそのような状況が整っていたとして、果たして耕作氏は湯たんぽのお湯で毒を飲むような真似《まね》をするでしょうか？」

「う……それは……」

「自分の命を絶つという行為は、本人にとっては神聖な儀式であるはず。一方、湯たんぽのお湯といえば、翌朝、顔を洗うのに使うのが定番の利用方法。それなのに、いくら手元にあるからといって、湯たんぽのお湯を湯呑みに注いで、それで毒を飲むとは！　いいえ、自殺者の心理としてあり得ないことでございます」

影山はゆっくりと首を左右に振り、静かな声で結論を語った。

「耕作氏は自殺ではありません。何者かに毒を飲まされ、殺害されたのでございます」

6

息を呑む麗子を前にして、影山は説明を続けた。

「犯人は風祭警部が見抜いたとおり、カプセル薬に細工をして青酸カリを仕込んだのでしょう。耕作氏はそれを台所で風邪薬と一緒に飲んだ。そして、彼はお湯の入ったペットボトルと輪ゴムを持って寝室へ。タオルはもともと寝室にあったのでしょう。彼はペットボトルをタオルで包み、それを輪ゴムで留めた。ペットボトル湯たんぽの完成です。彼はそれを抱いて布団に入る。しかし、それからしばらくして、胃の中でカプセルが溶けて毒が回り、彼は死に至った。その断末魔の苦しみの中で、彼は手元にあったペットボトルやそれを包んだタオルを、強く握ったり引っ張ったりしたのでしょう。そのため輪ゴムは切れて壁際まで飛んでいき、タオルとペットボトルは分かれて別々になってしまった――」

「それが午前十時過ぎの出来事ってわけね。それから犯人はどうしたの？」

「耕作氏が死亡した後、犯人は彼の死体を発見し、それを自殺に見せかけようとしたのでしょう。といっても、ほんのわずかな細工を施すだけです。青酸カリの容器を現場に投げ捨て、それからベッドの傍に転がっていたペットボトルを拾い上げ、その中身を湯呑みに注いだ。それだけのことで、あたかも耕作氏が寝室で自ら毒を飲んだように見せかけたのです。——と、ここまでいえば、もうお気付きですね、犯人の行動に大きなミスがあることに」

影山の問いに、麗子は即座に答えた。

「犯人は現場に転がったペットボトルを、飲料用だと勘違いしたのね。だから、中身を湯呑みに注いでしまった。それが犯人のミスね」

「おっしゃるとおりでございます」影山は強く頷くと、「そして、このことから耕作氏を殺害した犯人の正体が絞り込めます」と、大胆に宣言した。「注目すべきは容疑者たちのアリバイでございます」

「アリバイ!?」

麗子は怪訝《けげん》な顔つきで聞き返す。

「ちょっと待ってよ。毒殺事件にアリバイは関係ないでしょ。だって、犯人は前もってカプセル薬に毒を仕込んでおくことが……」

「いいえ、アリバイといっても毒殺に関するアリバイではありません。重要なのは、犯人がペットボトルの中身を湯呑みに注いだときのアリバイでございます。よくお考えくださいませ、お嬢様。犯人が現場でペットボトルを拾い上げた際、その中身が熱々のお湯だったなら、犯人はこれを飲料用だと勘違いするでしょうか」

「そっか。熱々のお茶ならともかく、熱々のお湯じゃ飲料用だとは思わないわね。湯たんぽだと気付くかどうかは、微妙だけど」

「おっしゃるとおりでございます。しかし、この犯人は飲料用だと勘違いしている。すなわち、犯人がペットボトルに触れたとき、その中身はもはやお湯ではなかった。すっかり冷めて常温の水に変わっていたものと考えられます」

黙って頷く麗子。影山の話はいよいよ佳境《かきょう》に入ったようだった。

「では、この勘違いをした犯人は誰か。そこで容疑者たちのアリバイを眺めてみますと、まず桐山和明は午前九時には国分寺のレストランに出勤して、仕込みに掛かっていた。その後も、ずっと店にいたのだとすると、そもそも現場に細工を施すこと自体、不可能だといえます。彼は犯人ではございません」

「そうね。それじゃあ、その妻、貴子は？」

「桐山貴子は午前十時過ぎに、近所の奥さんたちと一緒にお茶のお稽古に出掛けていった。彼女が現場に細工をするならば、耕作氏が死んだ直後、まさに十時過ぎ、近所の奥さんが迎えにくる寸前におこなったということになるでしょう。しかし、そのときペットボトルの中身はまさに熱々のお湯だったはず。貴子は犯人ではありません」

「じゃあ、娘の美穂も同様ね。彼女は午前十時半に友達と一緒に大学へと出掛けていった。それまでは屋敷にいたから、その間に現場に細工をすることはできたはず。だけど十時半の時点で、ペットボトルの中身が常温の水のように冷めていたとは思えないわ」

「同感でございます。と、そのように考えますと、結局、このような勘違いをする可能性のある人物は、耕作氏の死亡した数時間後に桐山邸にいた女性二人。すなわち、桐山信子夫人とお手伝いさんの相川香苗の二人のどちらかということになるのでございます」

「容疑者は二人に絞られたってことね。で、真犯人はどっち？」

「それを分かつポイントは、いなくなった白猫でございましょう。もはや今回の事件が殺人であることは明白な事実。だとすれば、一週間ほど前から行方不明になった白猫は、いわば犯人によってあらかじめ用意された《自殺の口実》だと思われます。大切な飼い猫がいなくなって意気消沈した老人が、ふいに自殺を図る——そういう、ありがちなストーリーを信じ込ませるために、犯人が猫を隠したのです。そして、事件が発覚した後には、すぐさま隠していた猫を解放した。すなわち、行方不明と思われた猫は、実は桐山邸の敷地のどこかにちゃんといたのです。とすれば、屋敷の中で猫を隠しておける人物は誰か」

「通いのお手伝いさんには、無理ね」

「というより、通いのお手伝いさんならば、猫は自宅に持ち帰るなり、遠くに捨てにいくなりするはずです。犯人はそれをしなかった。ひょっとすると彼女自身、シロに対してそれなりの愛着を持っていたのではないでしょうか。だから一週間ほど隠すに留《とど》めた――」

「そうね。確かに、影山のいうとおりみたい」

確信を得た麗子は自ら最後の結論を口にした。「犯人は信子夫人だったのね」

「おそらくは、そう思われます。信子夫人は農地を手放そうとしない夫を殺害し、その遺産でもって、息子のレストラン経営を立て直そうと考えたのでございましょう」

こうして事件の謎解きを終えた影山は静かに一礼した。

麗子はいつもながらの影山の鋭さに内心、舌を巻く。そして明日の朝には、あらためて桐山信子を参考人として取調べてみなければ、と考えた。

そんな麗子のご機嫌を伺うように、影山は尋ねた。

「いかがでございますか、お嬢様。これでぐっすりお休みいただければ幸いですが」

「ぐっすり、ですって？　とんでもないわ」

ガウンを羽織った麗子はベッドの端から勢い良く立ち上がると、執事に命じた。「影山、夜食を用意して。今夜はディナーを食べ損ねたから、お腹ペコペコだわ。そうね、宝生家特製、あんかけチャーハンなんてどうかしら」

「夜も遅い時間ですが……あの、お身体は？　確か風邪を召されていたはずでは？」

「風邪⁉」麗子は思い出したように自分の掌《てのひら》を額に当てた。「そういえば、治ったみたい！」

なるほど影山がいったとおり、事件の解決はなによりの妙薬になったようだ。

そんな麗子に対して、影山は皮肉っぽい笑みを浮かべながら一礼した。

「それはなによりでございます、お嬢様――」

第四話　殺意のお飲み物をどうぞ

1

受付を終えて会場に足を踏み入れてみると、すでに『桔梗《ききょう》の間』は大勢の客人で賑《にぎ》わっていた。高級スーツに身を包む男性たち。派手なドレスや豪華な着物を纏《まと》った女性たち。服装に中身が伴っているか否かは別にして、パッと見る限りではハイレベルな客層だ。それぞれグラスや取り皿を手にしながら、立食形式のパーティーを楽しんでいる。その間を縫うように歩き回るのは、黒服に蝶《ちょう》ネクタイの男性たちだ。新たなドリンクを客に振る舞いつつ、空いた皿やグラスをテキパキと片付けて回る。訓練された身のこなしは、一流アスリートの妙技を見るかのようだ。彼らはホテル『奥多摩《おくたま》荘《そう》』のフロア係である。

大広間の様子を眺めながら、宝生麗子《ほうしょうれいこ》は「へえ、なかなか盛況じゃないの」と思わず感嘆の声をあげた。「こんな辺鄙《へんぴ》な場所でのパーティー。しかも生憎《あいにく》の雨だから、もっと閑散としているのかと思ったけれど、意外だったわ」

麗子がウッカリ《辺鄙な場所》と明言してしまった手前、具体的な地名を挙げることは避けるが、実際『奥多摩荘』は人里離れた山中に建つホテル。いわば奥多摩のそのまた奥だ。

「なぜ梶原竜之介《かじわらりゅうのすけ》氏は、こんな場所でパーティーを催したのかしら。――ねえ、知ってる、影山《かげやま》？」

麗子は傍《かたわ》らに控えるタキシード姿の三十男に、顔も向けないまま尋ねる。

安定感のある低音ボイスが意外そうに応じた。「おや、お嬢様、何もご存じないまま、今宵《こよい》のパーティーに参加なさったのでございますか」

「ええ、そうよ」麗子は悪びれることなく答えた。「わたしは仕事に追われるお父様から『週末に梶原さんのところでパーティーがあるから、わたしの代わりに顔を出してくれ』って頼まれただけ。何のパーティーかは知らないわ。知らなくたってパーティーは楽しめるもの」

「なるほど、さすがお嬢様。《パーティー大好き人間》の面目躍如でございます」

「誰《だれ》が《パーリーピーポー》ですって！」

思わず声を荒らげた麗子は、横目で彼を睨《にら》む。男は銀色に輝く眼鏡フレームに軽く指を当てると、畏《かしこ》まった態度で言葉を返した。「憚《はばか》りながら、お嬢様、わたくし、お嬢様のことを《パーリーピーポー》などとは、ひと言もいっておりません。ただ《パーティー大好きピープル》であると、そう申し上げただけ……」

「いってるじゃない！　もう、ほとんどいってるわ！」

ピンヒールの踵《かかと》を床に打ちつけて憤りを露《あらわ》にする麗子。だが、そういう彼女の装いは、大胆に背中の開いた真紅《しんく》のパーティードレス。胸元を強調するのは、輝くルビーのペンダント。艶《つや》めく髪には白いカトレアの花が飾られ、清楚《せいそ》さを演出している。もちろんメイクも隙《すき》がなく完璧《かんぺき》であり、なおかつ完璧であることを悟らせない程度にナチュラルでもある。彼女が今宵、パーティーの注目の的となる気マンマンで会場に乗り込んできたことは、誰の目にも明らかだった。

そんな《パーティー大好き》宝生麗子は、天下にその名を轟《とどろ》かせる複合企業『宝生グループ』の総帥《そうすい》、宝生清太郎《せいたろう》のひとり娘。百パーセント混じりっけナシ、正真正銘のお嬢様である。

お嬢様ならば、当然お付きの人が必要――と誰がいったわけでもないのだが、事実、麗子の傍《そば》には黒服に身を包む眼鏡の三十男が付き従っている。時にかしずくがごとく従順な態度かと思えば、時に人を馬鹿にしたような慇懃《いんぎん》無礼《ぶれい》な物言いで、しばしば麗子を翻弄《ほんろう》する謎《なぞ》の男。彼こそは宝生家に仕える執事兼運転手、影山だ。このホテルへ続く雨の道のりも、麗子は彼の運転する全長七メートルのリムジンで快適に移動を果たしたのだった。

そんな影山は、あらためて今回のパーティーの趣旨を説明した。

「今宵の集まりは、この地域を選挙区とする国会議員、梶原竜之介氏の七十歳を祝う会。と同時に、彼がご子息である梶原康太《こうた》氏を後継者としてお披露目《ひろめ》する、それはそれは大事な集まりでございます。お嬢様も知らずに参加されると、とんだ大恥をお掻《か》きになるやもしれませんよ。どうか妙《みょう》な地雷を踏まぬよう、ご用心くださいませ」

「お、脅かさないでよ。このわたしが大恥なんて掻くわけないでしょ！」それにパーティー会場に地雷が埋まっているわけもない。麗子は強気に前を向いた。「判《わか》ったわ。じゃあ次の選挙には竜之介氏は出馬せず、代わりに康太氏が出るってわけね。それで選挙区にある『奥多摩荘』が会場に選ばれたってこと。なるほど、なるほど……」

要は次の選挙を睨んで、息子の知名度アップを図ろうという目論見《もくろみ》なのだろう。が、麗子にとっては、所詮《しょせん》どうでもいいことである。とりあえず今宵のパーティーの主役である梶原竜之介のもとへと自ら歩み寄った麗子は、

「この度《たび》はお招きいただきまして、どうもありがとうございます……」

と当たり障りのない挨拶《あいさつ》を交わして、宝生清太郎の名代《みょうだい》としての役割を果たした。

梶原竜之介は七十歳とは思えぬ堂々たる体軀《たいく》――というより明らかにメタボ体形をした大柄な男性だ。主役らしくピカピカと光沢を放つグレーのスーツに身を包むその

姿は、銀色のビア樽《だる》を連想させた。父の清太郎とは古い付き合いであり、麗子も過去に何度か顔を合わせた記憶がある。

一方、彼のほうにも同様の記憶が残っていたのだろう。竜之介は挨拶する彼女の顔を見るなり、「おお、君は宝生さんちの麗子ちゃんか。なんと立派になったものだ。いや、見違えたよ」と目を丸くして驚きの表情。そして、ごく当たり前のように聞いてきた。「とっくに大学は出ているはずだが、いまはどこで何を？　自宅で花嫁修業中とかかね？」

まるで見当違いの問いを発する竜之介に、麗子は思わず苦笑い。彼の傍らに控える奥方や議員秘書らしき男性の視線を気にしつつ、彼女は正直かつ曖昧《あいまい》に答えた。

「いまは、その……公務員なんです。ええ、地方公務員でして……はい」

「ほう、お役所勤めかね。立派な仕事じゃないか。——ああ、それはそうと麗子ちゃん、お父上に会った際には、ぜひお伝えいただきたい」そういって竜之介は壇上を太い指で示しながら、「わたしの跡を引き継ぐ息子のことを、どうぞヨロシクと」

ちょうど壇上では、政治家にしては若すぎると思えるスーツ姿の男性が、随所に《地元愛》と《家族愛》を交えながら父親の七十歳を寿《ことほ》ぐ言葉を語っているところだ。弁舌爽《さわ》やかな語り口に、会場を埋めた客人たちも自然と耳を傾けている。

麗子は何気なく尋ねた。

「あの方がご長男様でいらっしゃるんですね。お歳《とし》はおいくつですか」

「康太かね。彼は今年で三十四歳だ。ただし、長男ではなくて次男だがね」

「あ、そーですか。次男様が跡を引き継ぐのですね……」

ひょっとして自分は影山がいったところの《地雷》を、アッサリ踏んでしまったのではあるまいか。そんな感覚が麗子の中に確かにあった。口を噤《つぐ》んだまま周囲に視線を泳がせると、議員秘書らしいスーツ姿の男性と目が合った。その顔はなぜか激しく強張《こわば》っている。

微妙な空気を察したのだろう、気を回した竜之介が紹介してくれた。

「こっちがわたしの長男、健介《けんすけ》だよ。わたしの秘書を務めてもらっているんだ」

「どうも、梶原健介と申します。父がお世話になっております」

いっさいの感情を押し殺したような口調で、挨拶の言葉を口にする健介。だが、その澱《よど》んだ眸《ひとみ》には屈辱と不満の色が隠しきれず滲《にじ》み出ているのだった。

2

　とにもかくにも主賓への挨拶を終えた麗子は、その直後、ささやかな異変に気付いた。普段なら文字どおり影のごとく麗子の傍らに控えているはずの執事、影山の姿がどこにも見当たらないのだ。まさか、この期《ご》に及《およ》んで職場放棄？　ひょっとして麗子の目の届かないところで存分に羽を伸ばして、美味《おい》しい料理やアルコールに現《うつつ》を抜かしているなんてことは――いや、有り得る！　彼はそういう突拍子もない振る舞いをやりがちな男だ。

「まったく、どこで油売ってんのよ！　このわたしをほったらかしにして……」

　キョロキョロと会場を見回して執事の姿を捜す麗子。と、そのとき――

「あら、宝生さん……ねえ、宝生さんじゃないの！」

　いきなり背後から呼びかけてくる嬉《うれ》しそうな声。驚いて振り向くと、視線の先に見えるのは水色のパーティードレスに身を包む若い女性だ。ドリンクバーのある一角に佇《たたず》む彼女は、その両手に二つのグラスを持っていた。ストローが挿してある二つのグラス。おそらく中身はソフトドリンクだろう。会場内では黒服の従業員たちが、せっせとアルコール類を勧めてくれるが、それとは別にドリンクバーがあり、客たちはエスプレッソ・マシーンやソフトドリンクの入ったポットを自由に使って、珈琲《コーヒー》や紅茶、ジュースなどを飲むことができるのだ。水色ドレスの女性は、両手に持った二つのグラスをいったんドリンクバーの脇《わき》に置くと、自ら麗子のもとへと歩み寄ってきた。

「やっぱり、そうだわ。まさか、こんなところで宝生さんに出会えるなんて……」

人懐っこい笑顔と高い声に覚えがあった。「ああ、なんだ、水間《みずま》さん。水間沙耶《さや》さんじゃないの。珍しくドレスなんか着てるから判らなかったわ」

水間沙耶は麗子の大学時代の同窓生。電気機器メーカー『水間製作所』の創業家である水間家の娘だ。互いに境遇の似た水間沙耶と宝生麗子は、当時から親しい間柄。しばしばガールズトークに花を咲かせつつ、内心では『わたしのほうが、この娘《こ》より上』と意識しあうほどの超仲良しだった。もちろん《超仲良し》と書いて《ライバル》と読むことはいうまでもない。

二人は差し出した両手を握り合いながら、互いの再会を祝った。

「久しぶりね宝生さん、同窓会以来かしら。例のお仕事は、まだ続いているの？　ほら、あの《国立《くにたち》市の地方公務員》ってやつ……」そういって沙耶は意味深な微笑《ほほえ》み。

彼女は麗子の《お嬢様にしては特殊な就職先》をよく知る、数少ないひとりである。

「もちろん続いているわよ。水間さんは確か、お父様の会社で働いているのよね」

「ええ、このパーティーも忙しい父の代わりにきたの」

「あ、ああ、そうなんだ……」こういうところまで似通ってしまうあたりが、《超仲良し》たる所以《ゆえん》かもしれない。「……にしても、ここで水間さんと会えるとは思わなかったわ。ねえ、梶原竜之介さんとは、もともとお知り合いなの？」

「え、ええ、まあ、何というか」沙耶は慎重に言葉を選びながら、「どちらかというと、わたし、康太さんのほうと仲良くさせていただいているのよねえ」

そういって彼女は指を伸ばすと、会場のほぼ中央に位置する円卓を示す。そこに、ひと際目立つ梶原康太の長身が見えた。壇上での挨拶を終えた彼は、いまはすっかりリラックスした表情。紫色のドレスの女性と会話を交わしている。同じテーブルには兄である梶原健介の姿も見える。紫ドレスの女性を挟んだ位置に佇み、ひとりグラスを傾けている。

「え、水間さん、康太さんと親しいの？」麗子はつい鼻息を荒くして尋ねた。「やがては国会議員と目される彼と⁉　え、なんで、どーして？　ねえ、どこで出会ったの？　キッカケは何よ？　いまの二人の関係は？　付き合ってるの？　ねえ、付き合ってるの？　いいじゃないよ、隠さなくってもさー。ねえねえ、ねえってばー」

多くの女性がそうであるように、麗子もまた他人の恋愛話は大好物。いや、一般的な女性と比べても、むしろ相当に好きな部類に入るかもしれない。そんな麗子に対して、沙耶は明らかに困惑の表情。両の掌《てのひら》を前に突き出しながら、

「ちょっとあの、宝生さん、わたしと康太さんは、べつにそういうんじゃないから……」

「そういうんじゃないって？　だけど本当に《そういうんじゃない》なら、どういう関係かは明確に答えられるはずよね。そういうことになるわよね、水間さん？」

「ああ、もう、宝生さんは職業柄、追及が厳しすぎるんだから！」

すっかり音をあげた沙耶は「あ、そうそう」といって突然パチンと両手を叩《たた》くと、「そういえば、わたし、康太さんたちに飲み物を届ける途中だったのよねえ」

「んなもん、どーだっていいでしょ！　飲みたきゃ自分で勝手に飲むってば！」

無茶をいう麗子をよそに、沙耶はその場でくるりと踵《きびす》を返す。

すると次の瞬間、「あッ」という男性の叫び声。いままさにドリンクバーの前を離れようとした青年が、急に振り返った沙耶とぶつかりそうになって声をあげたのだ。

青年は紺色のブレザーに白いパンツ姿。右手に持つグラスの中身は、ウーロン茶らしき琥珀《こはく》色のドリンクだ。衝突を回避しようとした際の動きで、中の液体が波を打っ

ている。

「おっとっと……」といって彼はグラスの縁《ふち》から、それをひと口飲む。それから心配そうに目の前の女性の顔を覗《のぞ》き込んだ。「大丈夫だった、水間さん？　僕の飲み物、ドレスにかからなかったかい？」

「ええ、大丈夫です。ごめんなさい。わたしが不注意でした。お友達とお話ししていたものだから」そういって彼女は、あらためて麗子のことを手で示した。「こちら宝生麗子さん。ご存じかもしれませんが、あの有名な宝生グループの……」

「ええッ、じゃあ宝生清太郎氏の娘さん⁉」一瞬で麗子の素性を見抜いた彼は、沙耶のことを押し退《の》けるようにしながら、「僕、坂上恭平《さかがみきょうへい》っていいます。父が市会議員をしていましてね」と、べつに聞かれてもいないのに自己紹介。そして満面のスマイルを麗子に向けながら、「お会いできて光栄です。良かったら、僕らと一緒にお話ししませんか」

　そういって坂上が指差したテーブルは、やはり康太たちのいる円卓だ。

　だったらぜひご一緒に——と二つ返事で話の輪に加わりたいところだったが、そこは気位の高いお嬢様のこと。「そうですね、では後ほど時間があれば……」と、さも用事があるかのごとく振る舞って、麗子は静かに頭を下げる。

「そうですか。では後ほど。――それじゃあ、いこうか、水間さん」

「うん。――じゃあね、宝生さん」沙耶は麗子に向かって小さく手を振った。

坂上恭平は仲間たちのいる円卓へと歩を進める。水間沙耶はドリンクバーの脇に置いていた二つのグラスを、あらためて両手に持つと、慎重な足取りで坂上の背中を追った。

やがて円卓にたどり着いた沙耶は、さっそく手にしたグラスの片方を康太に手渡す。彼の端整な横顔に笑みが広がる。その口許《くちもと》は『ありがとう』と動いたようだ。感謝の言葉に、沙耶も自然な笑みで応《こた》える。その光景を離れた場所から眺めながら、麗子は密《ひそ》かに呟《つぶや》いた。「うーん、あの二人、絶対あやしいわね」

と、そのとき――「お客様、お飲み物はいかがでございますか」

ワイングラスを三つほど載せた銀のトレーが、背後から恭《うやうや》しく差し出される。

「ありがとう。いただくわ」

自らトレーに手を伸ばして、麗子は赤ワインをチョイス。そうする間も顔は真っ直《ます》ぐ前を向いたまま。視線は沙耶たちのいる円卓へと注がれている。「……にしても、水間さんったら、国会議員の跡取り息子をロックオンするなんて……ゴクリ……おとなしそうな顔して意外とやる娘よねえ……ゴクリ」と独り言を呟きながら、手にした赤ワインをゴクリゴクリと半分ほど飲む麗子。「……こりゃ、わたしも負けちゃいられないわね」

「康太氏のことが、気に掛かる様子でございますね、お客様」

「ううん、康太さんのことはべつに……わたしはただ水間さんのことが……って、か、影山ぁ！」麗子は傍らに佇む黒服の男を思わず二度見して叫んだ。「あんた、何やってんのよ！　急に姿が見えなくなったと思ったら、トレーなんか持って。ホテルのフロア係かと思うじゃないの！」

「申し訳ございません、お客様」

「《お客様》じゃなくって《お嬢様》でしょ！　なに従業員に成り切ってるのよ！」

麗子はドレスの胸元に手を当ててアピール。影山は片手にトレーを載せたまま、器用に頭を下げた。「これは重ね重ね申し訳ございません、お嬢様。実はわたくし、お嬢様のお傍に控えておりましたところ、セレモニー課長なる人物に呼び止められまして、無理やりトレーを持たされて『あの空いた皿を片付けろ』『このグラスを運べ』『こっちの飲み物をお勧めしろ』と一方的に命令されてしまい……」

「なるほどー、確かにその恰好《かっこう》だと、フロア係に間違われたって無理ないかもねー」

麗子はタキシード姿の影山をシゲシゲと見詰めて、溜《た》め息《いき》をついた。「でも、だからといって無料奉仕することもないでしょ。適当に逃げればいいじゃないの」

「それが案外わたくし、他人にコキ使われることに喜びを見出《みいだ》すタイプでして」

「何よ、それ⁉　わたしがあなたを毎日《コキ使っている》とでも、いいたいわけ⁉」

「いえ、けっして皮肉を申し上げたつもりは……」

影山は頭を下げると、再び謝罪の意思を麗子に伝えた。「とにかく今回の件は、わたくしの不徳の致すところでございます」

謝る傍から二人組の中年女性が「ワイン、いただくわね、ボーイさん」と手を伸ばして、トレーに残る二つのグラスを摘《つま》み上げる。結果、空になったトレーを影山は近くのテーブルにそっと伏せ置いて、『あとは知りませんよ』とばかりに両手を掲げた。

こうして執事の立場に戻った影山は、あらためて麗子に向きなおった。

「ところで話を戻すようですが、お嬢様、梶原康太氏のことが、そんなに気になられますか。なんなら、わたくし、こっそり声を掛けて参りましょうか」

「やめなさい。マジで迷惑だから！」麗子はタキシードの背中をむんずと摑《つか》んで、彼の暴走を食い止めた。

するると影山は心底意外そうな顔。鼻先の眼鏡を指で押し上げながら、

「おや、必要ございませんか？」

「必要、あるわけないでしょ！」

お嬢様らしくピシャリと言い切る麗子。すると、その直後――

「わあッ」「きゃあッ」

突然、離れた場所から聞こえてきたのは、若い男女の叫び声だ。

「あら、何かしら!?」と呟きながら、声のするほうに顔を向けると、どうやら水間沙耶たちのいる例の円卓が騒がしい。狼狽《ろうばい》しつつ自分のハンカチを取り出したのは、先ほど挨拶したばかりの坂上恭平だ。彼は目の前の女性が着る紫色のドレスを拭《ふ》こうとする仕草。どうやら、彼が円卓の上のグラスを倒して、紫のドレスの女性に迷惑を掛けたらしい。

円卓を覆ったテーブルクロスには茶色い液体が広がり、びしょ濡《ぬ》れの状態だ。すぐさまフロア係の男性がひとり、布巾《ふきん》を持って駆け寄ってテーブルクロスの上を綺麗《きれい》に拭く。そうする間も坂上は紫のドレスの娘に平身低頭、謝り続けている。一方、女性のほうは気にしていない素振り。『べつに、いいから』というように軽く手を振っている。その様子を康太と沙耶の二人が、すぐ近くで心配そうに見詰めていた。

「ふうん、ドリンクの入ったグラスを、あの青年がウッカリ倒したのね。でもまあ、べつに大したことはないみたい。――そうでしょ、影山？」

「え、ええ、はい。たぶん問題ないでしょうが……」

と応える影山の口調は、どこか歯切れが悪い。その視線は麗子ではなく、なおも中央の円卓のほうに向けられたままだ。

「何よ？　何か気掛かりな点でもあるわけ？」

「はあ、いえ、べつに……」と影山の言葉は、さっぱり要領を得ない。

執事との会話を諦《あきら》めて、麗子も再び円卓の様子に注意を払う。すでに騒ぎは収まって、事態は収束を迎えつつあった。倒れたグラスは片付けられて、円卓には二つのグラスが置いてある。同じ大きさ、同じ形の透明なグラス。中身の液体は、どちらも茶色っぽい感じで、グラスの半分程度を満たしている。

そこに手を伸ばしたのは坂上恭平だった。きっと、ひと騒動あったせいで喉《のど》が渇いたのだろう。彼は飲みかけの二つのグラスを前に、一瞬だけ逡巡《しゅんじゅん》する素振り。だが、すぐに片方を手に取ると、グラスの縁に口を付けて勢いよくそれを呷《あお》る。

喉を潤《うるお》して、ふう——というように息を吐く坂上。だが次の瞬間、彼の右手から突然グラスが滑り落ちた。グラスは割れることなくカーペットの上で小さく弾み、コロコロと床を転がった。坂上は円卓に両手を突いた状態でブルブルと震え出す。その口許からは苦しげな呻《うめ》き声が聞こえるようだ。その直後、彼は崩れるように片膝《かたひざ》を突き、そのままバタリと床に倒れこんだ。

「きゃあぁぁーッ」

梶原康太の胸にすがりつくようにしながら、水間沙耶が盛大な悲鳴をあげた。

3

一瞬、凍りついたように静まり返った『桔梗の間』は、その直後、一転して阿鼻《あび》叫喚《きょうかん》の嵐《あらし》となった。悲鳴をあげる女性客。「救急車を呼べ」「警察もだ」などと騒ぎ立てる男性客。そんな中、騒ぎの中心地である円卓へ、いち早く駆け寄ったのは、他《ほか》ならぬ麗子だった。

頸動脈《けいどうみゃく》に指を当てて脈を診《み》る。それから呼吸の有る無しを判断。さらに瞳孔《どうこう》の開き具合を確認した麗子は、ゆっくりと首を左右に振った。

「駄目だわ。すでに息がない……」

何を隠そう宝生麗子は現職の警察官。一見するとただのお嬢様、いや相当に桁外《けたはず》れのお嬢様のようだが、こう見えて国立署の刑事課に勤務する現役バリバリの女性刑事である。

それが証拠に、どれほど露出度高めのド派手な衣装に身を包もうとも、警察手帳だけは携帯を怠らない。麗子は赤いドレスのポケットからそれを取り出すと、「みなさん、落ち着いてください！」と声をあげる。そして身の証《あかし》を立てるべく、手帳を顔の高さに掲げた。「わたしは国立署の……」

刑事課所属、宝生麗子です――そう名乗ろうとした、まさにそのとき！

「みなさん、ご心配なく！」彼女の台詞《せりふ》を横取りするがごとく、何者かの声が唐突に発せられる。喧騒《けんそう》をものともしない張りのある声は、何かの始まりを告げる銅鑼《どら》の音のごとく、大広間に響きわたった。「このわたしが現れたからには、もう大丈夫。どうか、ご安心を！」

ざわめく客人が一瞬で黙り込むほどの迫力。麗子も自分の言葉を中途で止めて口を噤む。正直、嫌な予感がした。

――この自信に満ちた声。押し付けがましい物言い。もしや！

思わず身構える麗子の視線の先、人ごみを掻き分けるようにして男は、その特徴的な姿を現した。見覚えのあるスーツはバーバリーの高級品で、色は鮮やかすぎる白。キザったらしい黒のワイシャツの首もとには真紅のネクタイが揺れている。これがヤクザの襲名披露《ひろう》パーティーならば、このファッションは、おそらく若頭《わかがしら》のそれだろう。

だが、いまどき政治家のパーティーに組の幹部が招待されるはずもない。いや、そもそも彼はヤクザでも若頭でもない。円卓にたどり着いた男は、白いスーツの胸元から麗子と同じ手帳を取り出す。そして顔の位置よりさらに上、高々と頭上にそれを掲げると、彼は麗子より先に名乗った。

「わたしは警視庁の風祭《かざまつり》。本庁捜査一課の風祭です。どうか、ご安心を！」

さすが《本庁捜査一課》という金看板の威力は凄《すご》いもので、一同の間には確かにホッとしたような空気が流れた。信頼感と期待に満ちた視線が、いっせいに白いスーツの三十男のもとへと注がれる。注目を浴びながら、男はまんざらでもなさそうな表情だ。そんな中、麗子はひとり愕然《がくぜん》として石のごとく硬直した。

──か、風祭警部ッ⁉ なぜ、この人が、この場所に⁉

だが考えてみれば、それほど不思議なことでもない。なぜなら風祭警部は《安心安全より見た目と速さ》でお馴染《なじ》みの自動車メーカー『風祭モータース』の創業家の御《おん》曹司《ぞうし》。麗子と似たような境遇にある彼は、おそらく麗子と似たような経緯で、この会場を訪れていたのだろう。

ちなみに風祭警部は、つい数ヶ月前までは国立署刑事課勤務。麗子にとっては直属の上司というべき存在だった。それが何の手違いか、警視庁のお偉いさんに捜査手腕を見込まれて本庁に《栄転》。お陰で、ここ最近の麗子は、毎日すがすがしい気分で日常業務に勤《いそ》しむことができたわけだが――それがまさか、突然こんな場所で再会を果たすだなんて！

暗澹《あんたん》たる思いの麗子は、いったん取り出した警察手帳をバレないようにそーっとポケットに仕舞おうとする。が、遅かった。

麗子の手にする手帳に目を留めた警部は「むッ」と眉《まゆ》をひそめると、離れた場所から目を凝らしながら、「おや、そこの君は……」

赤いドレスにバッチリメイク。国立署勤務時とは全然違う麗子の艶姿《あですがた》に、警部は不躾《ぶしつけ》なまでの視線を浴びせる。麗子はヘビに睨まれたカエルの気分だ。やがて《白いヘビ》風祭警部は彼女の正体に、ようやく思い至ったらしい。無駄に端整すぎる顔立ちに、大いなる驚きと歓喜の表情を浮かべると――

「おおッ、ほ、ほ、宝生くぅ～ん！」

彼女の名を叫びながら、大きく両手を広げて麗子のもとに突進してくる。どうやら再会の熱い抱擁を求めているらしい。だが、こんな輩《やから》に抱きつかれたら、宝生家末代までの恥だ。麗子は抱擁に応じる素振りで一瞬両手を広げると、その直後にはヒラリと器用に身をかわす。結果、風祭警部は麗子の背後に控える黒服の男、影山のスリムな身体《からだ》をギュッと抱きしめて、再会の喜びを爆発させた。「ああ、久しぶりだね。会いたかったよ……」

「ええ、わたくしもお目にかかれて光栄でございます」

瞬間、風祭警部は夢から醒《さ》めたごとくハッとした表情。影山の胸をドンと突き飛ばすと、

「ふん、馬鹿馬鹿しい。なんで僕がホテルマンと抱き合わなくちゃならんのだ！」

いえ、わたくし、ホテルマンではございませんが……と小声で言い返す影山をよそに、警部はあらためて麗子へと向きなおる。男どもの抱擁シーンに興味のない麗子は、彼らの茶番に付き合うことなく、坂上恭平の傍らに再びしゃがみ込んでいた。傍には転がったグラスが一個。そしてストローが一本だけ落ちている。

「で、どうなんだね、宝生君。彼の様子は……？」

「駄目です、警部。おそらく飲み物に即効性の高い毒物が混入されていたのでしょう」

麗子はその場ですっくと立ち上がると、宣言するようにいった。「この男性、坂上恭平さんは毒を飲まされて死亡した。おそらくこれは殺人事件です」

「うむ、そうだろう。僕も君とまったく同じ見解だよ、宝生君！」

風祭警部は重々しく頷《うなず》き、そしてどこか嬉しそうな笑みを覗かせるのだった。

4

　それから、しばらくの後。事件の現場となった『桔梗の間』には、事件の関係者と目される人物のみが居残っていた。坂上恭平の遺体は、すでに別室に運ばれている。客人の大多数は別の広間に移動して足止めを喰《く》らっている。現場に残された関係者は、風祭警部と宝生麗子の刑事二人を除けば、僅《わず》かに六人だ。

　まずパーティーの主催者である梶原竜之介。その息子である健介と康太の兄弟。女性は水間沙耶ともうひとり、紫色のドレスの女性だ。彼女の名は広川美奈子《ひろかわみなこ》。死亡した坂上恭平とは大学時代からの知り合いで、いまは健介のガールフレンドでもあるらしい。普段は地元の金融機関で働いているとのことだ。そして最後に黒服の男性がひとり。ただし麗子の執事を務めるあの男ではない。影山は麗子を残して別室に移されている。事件とは無関係な単なるホテルマンであると、警部がそう判断したからだ。実際に居残っているのは正真正銘のホテルマンのほう。事件当時、問題の円卓の傍で接客に努めていたフロア係、沢崎修《さわざきおさむ》という四十代の男性である。

　六人の男女は誰もが不安げな顔。広間の片隅で所在なげにしている。

そんな中、風祭警部は六人の前へと進み出て、「ゴホン」とわざとらしい咳払《せきばら》い。そして一同を見回しながら、おもむろに口を開いた。「みなさま、事態は実に深刻な状況です」

一同の間に緊張が走る。警部はその空気を楽しむがごとく言葉を続けた。

「パーティーの席上、客である坂上恭平氏が何者かによって飲み物に毒を盛られて死亡いたしました。実に不幸な事件です。――が、なお深刻なのは！」警部は指を一本立てて一同の注意を喚起するように続けた。「このホテル『奥多摩荘』に通じる山道が、長雨による土砂崩れによって通行不能。警察による本格的な捜査は当分の間、見込めない状況であるという事実です」

「うーむ、なんたることだ」天運のなさを嘆くように、梶原竜之介が天井を仰いだ。「ここ数日にわたって降り続いた雨が、こんな事態を招くとは！　殺人事件だけでも充分に困ったことなのに、おまけに迅速な捜査が期待できないとは……」

「が、しかし！」といって警部は竜之介の言葉を遮った。正確に記すならば『んが、しかぁーしッ』というような芝居がかった口調である。驚いたように一同が見詰める中、さらに警部は声を張った。「不運なことばかりではありません。思わぬ僥倖《ぎょうこう》もありました。それは、わたし風祭と宝生麗子君、この二人の敏腕刑事が偶然、現場に居合わせたという事実です。このような状況は、さしもの毒殺犯も想像しなかったことでしょう」

まあ、そりゃそうでしょうね——と麗子も心の中で頷いた。二人が敏腕か否かは議論の分かれるところだが、とにかくこれは犯人にとって予想外の展開に違いない。

「こうなった以上、悠長に捜査陣の到着を待っているわけにはいきません。ならば、我々の選ぶべき道はただひとつ。独自の捜査によって真相をあぶり出し、真犯人を突き止める。それしかありません。ええ、もう、それしかないですって。——なあ、宝生君！」

——勝手に、わたしを巻き込まないで！

眉をひそめた麗子は、前のめりになる風祭警部に近寄り、そっと警告を発した。

「いいんですか、警部。そのような独断専行をなさって」

「なーに、心配することはないよ、宝生君。それに、これは君のためでもある。ここで手柄を立てれば、ひょっとして君にも本庁への栄転の道が開かれるかもだ」

「本庁への栄転……!?」一瞬、興味を惹《ひ》かれたものの——いやいやいや、栄転とか全然必要ないです！　そんなのご褒美になりませんから。むしろ罰ゲームですから！

心の中で麗子はブンブンと首を振るのだった——

「それでは、さっそく毒殺事件の詳細を紐解《ひもと》いていこうじゃありませんか」

関係者一同を前にして、風祭警部は仲間を愉快なお茶会に誘うかのごとく、気安い口調で尋ねた。「そもそも被害者が飲んでいたドリンクは何だったのでしょうね？」

「ウーロン茶です」と答えたのは広川美奈子だ。「坂上君に何気なく尋ねたんです。『何を飲んでいるの？』って。彼はハッキリ答えました。『ウーロン茶だよ』って。それで『あら、わたしと同じね』みたいな会話を、彼が亡くなる直前に交わしました――ええ、坂上君はアルコールが苦手で、ソフトドリンクしか飲まない人でした。間違いありません」

「なるほど、結構です」警部は満足そうに頷いた。「では、そのウーロン茶を坂上氏はどこで手にしたのか。誰かご存じの方は？」

この問いに答えたのは水間沙耶だ。彼女は壁際にあるドリンクバーを指差しながら、

「坂上君はそこにあるドリンクのポットから、自分でウーロン茶を注《つ》いだんだと思います。――そうよね、宝生さん？」

「ええ、水間さんのいうとおりね」麗子は記憶をたどった。あれは麗子が沙耶とドリンクバーの傍らで話し込んでいたときのことだ。坂上は振り返った沙耶と一瞬ぶつか

りそうになったのだ。「あのとき坂上さんはグラスを持っていた。中身は茶色っぽい飲み物だった。たぶんウーロン茶だろうと、わたしもそのとき思ったわ」

「なるほど。ならば問題は、彼の持つウーロン茶のグラスに、いつ誰が毒を盛ったのか、ということになる。――ふうむ」腕組みしつつ、しばし考えに耽《ふけ》る風祭警部。

その思考を乱すがごとく、梶原康太が横から口を挟んだ。「あのー刑事さん、ひとつ根本的な部分を確認したいのですが……」

「ん、何です、根本的な部分とは？」

「坂上君が飲んだのは、本当にウーロン茶だったんですか。死の直前、彼の手から滑り落ちて床に転がったグラス、あの中身は間違いなくウーロン茶でしたか」

「え、『でしたか』って聞かれても……そりゃあ、もちろん我々だって、床にこぼれた液体を舐《な》めて確かめたわけじゃありません。下手すりゃ死にますからね」警部は至《し》極《ごく》もっともなことを口にすると、「しかし広川美奈子さんの証言がありますし、水間沙耶さんも宝生君もウーロン茶だろうというのだから、それで間違いはないはず……いや、待てよ。いちおう念のため確認する必要はあるか……ああ、そうそう、そういえば宝生君、確か君は鼻が利くほうだったね？」

「いきなりナニ情報ですか、警部！　わたしの鼻はごく普通ですよ！」

自分の鼻を指差しながら抗議する麗子。だが警部が何を求めているのかは、何となく判る。そこで麗子は広間の中央にある円卓へと自ら歩み寄った。手袋を嵌《は》めた手で床に転がったグラスを取り上げる。中身の液体はすっかりカーペットに染み込んでしまったらしい。

だが濡れたグラスには香りが残っているはずだ。特別に鼻が利くわけではないけれど、麗子は神経を鼻に集中させてグラスの残り香を嗅《か》いだ。鼻腔《びこう》をくすぐる甘い香りに、麗子はハッとなった。「ウーロン茶じゃない。これ、たぶん紅茶ですよ、警部！」

「なんだって⁉」風祭警部も麗子のもとに駆け寄り、同様にグラスに鼻を寄せる。やがて警部は眉間《みけん》に深い皺《しわ》を刻むと、「うぅむ、これは確かに紅茶の香り。僕が日常的に楽しんでいる最高級のダージリンティーとは比べるべくもない安物だが、それでも紅茶であることは間違いない」と、いまここでする必要のない自慢話。そして首を傾《かし》げながら呟いた。「グラスの中身はウーロン茶ではなくてアイスティーだったわけか……しかし、なぜ？」

顎《あご》に手を当てて困惑の表情を浮かべる警部。そこに再び康太が口を挟んだ。

「やっぱり、そうですか。思ったとおりですよ、刑事さん」

「ほう、『思ったとおり』といいますと？」

「そのグラスは僕のです。僕が半分ほど飲みかけたアイスティー。そのグラスを坂上君が間違って手に取ったんです。自分が飲んでいたウーロン茶だと勘違いしてね。正直にいいますと、坂上君がそのグラスを手にした瞬間、僕は『あれ!?』と思ったんですよ。『坂上君、グラス間違えてないか?』とね。しかし立食パーティーの場合、そういう間違いはよくあることです。テーブルにグラスを置いて誰かと談笑しているうちに、自分のグラスがどれだか判らなくなる。ましてや紅茶とウーロン茶なら、どちらも茶色っぽい飲み物ですから見分けも付けにくい。それでウッカリ間違えたんでしょう。まあ、僕も彼の勘違いを、わざわざ咎《とが》めたりはしなかったわけですがね……」

喋《しゃべ》りながら次第に恐怖感が湧《わ》いてきたのだろう。康太の言葉尻《ことばじり》が微《かす》かに震えるのが判った。そんな彼の説明を聞いて、驚きの声を発したのは、父親である梶原竜之介だ。

「なんだと!? では、もしも坂上君が何も間違えずに自分のウーロン茶を選んでいたならば、そのときは康太、おまえはいまごろ……」

息子を指差す父親の手がブルブルと震えを帯びる。康太は静かに頷いていった。

「そうですよ、お父さん。いまごろ僕は死体となって、別室で眠っていたことでしょうね。ええ、間違いありません。坂上君は僕の身代わりとなって殺されたのです!」

5

意外な展開に、『桔梗の間』に残る関係者一同は、しばし沈黙した。中でも水間沙耶は康太の発言に衝撃を受けたらしい。内心の動揺は、彼女の大きく見開かれた両目に表れていた。

風祭警部は一同を見やりながら、なおも質問を続けた。

「犯人の真の狙《ねら》いは坂上氏ではなく梶原康太氏を殺害することにあった。よろしい。ならば問題にすべきは坂上氏のウーロン茶ではなく、康太氏のアイスティーのほうでしょう。では、そのアイスティーは誰がグラスに注いだのですか」

「そ、それはわたしです」オドオドした様子で挙手したのは、もちろん沙耶だ。「壇上での挨拶を終えて、康太さんが中央の円卓にやってきたんです。わたしは『飲み物、取ってくるけど何がいい?』と尋ねました。彼は『だったらアイスティーを頼む』と答えました」

「ええ、水間さんのいうとおりです」と康太本人が口を挟んだ。「パーティーの途中だし、酔っ払ってはマズイと思いましてね。それでアイスティーを頼んだんです」

「ふむ、それを聞いて、水間さんはドリンクバーに向かったわけですね」

「ええ、そうです」と沙耶が頷く。「ただ、その前に広川さんのグラスが残り少なかったから、彼女にも何を飲むか聞きました。広川さんは『じゃあウーロン茶を』と答えました。それで、わたしはドリンクバーへと向かったんです」

「では、ドリンクバーでのあなたの行動を詳しくお聞かせいただけますか」

「判りました。でも、ごく普通のことしかしていませんよ。新しいグラスを二つ手に取って、中に氷を入れました。それからアイスティーの入ったポットを持って、片方のグラスにそれを注ぎました。そして、もう片方のグラスには広川さんに頼まれたウーロン茶を注ぎました。それだけですが……」

「アイスティーにガムシロップなどは入れましたか」

「いいえ、ストレートなアイスティーです。余計なものは何も入れていません。ガムシロップもレモンもミルクも……」

「毒も？」

「入れてません！　入れるわけないじゃありませんか！」

沙耶は目を剝《む》いて叫んだ。「グラスに入れたものといえば、たくさんの氷とグラスの八分目まで注いだアイスティー、それとストローだけです。ええ、アイスティーとウーロン茶、それぞれのグラスにストローを挿しました」

「ウーロン茶のグラスにストローは必要ないのでは？」

風祭警部は細かい点にこだわる。沙耶は「そうでしょうか？」といってピンとこない表情を浮かべた。「とにかく頼まれた二杯のドリンクを手にして、わたしはテーブルに戻ろうとしました。ところが、そのときパーティー客の中に、思いがけず懐かしい顔を見つけました。宝生麗子さんです。わたしは思わず彼女を呼び止め、そこでわたしたちは短い時間でしたが、立ち話をしたんです」

「ふむ、そうか」頷いた風祭警部は、どこか腑《ふ》に落ちない表情。怪訝《けげん》そうに麗子と沙耶の顔を見比べながら、「ちなみに聞くけど、なぜ宝生君は水間沙耶さんと知り合いなんだい？　しがない警察官に過ぎない宝生君が、『水間製作所』で有名な水間家のお嬢様と、いったいどこでどう繋《つな》がりを持ったのか、その点がイマイチ引っ掛かるんだが……」

「え⁉　だけど刑事さん、宝生さんだって宝生グル……」

宝生グループ総帥、宝生清太郎のひとり娘でしょ——などと、この場でバラされては一大事。それは国立署においても署長クラスのみが知る最重要機密なのだ。

そこで麗子は沙耶のパンプスの爪先《つまさき》をギューッと踏みつけて、友人の余計なお喋り

を無理やり封じると、

「いえ、たまたまですよ。たまたま同じ大学の同じゼミに水間さんがいただけ。——ね、水間さん」といって右目を瞑《つむ》るウインク。そして開いた左目で友人をギロリと睨みつけた。

すると沙耶も何かを悟ったらしい。「ええ、そうね。宝生さんのいうとおりだわ」と友人らしく話を合わせてくれた。麗子としては冷めることのない友情に感謝するばかりだ。

「そうか。よく判らんが、まあ判った」

風祭警部は曖昧に頷くと、話を毒殺事件に戻した。「で、水間さん、あなたが宝生君と立ち話をする間、問題のアイスティーのグラスはどこにありましたか。ずっと両手に二つのグラスを持ったまま立ち話をしたわけでもありますまい」

「ええ。確か二つのグラスは、いったんドリンクバーの脇に置いたはずです」

「そうだったわね。わたしも覚えてる」麗子は深く頷いた。

「つまり、二人はそのとき自分たちの話に夢中で、問題のアイスティーのグラスからは目を離していた。そういうことだね、宝生君？」

「まあ、確かにジーッと見詰めていたわけでないことは事実です。水間さんはグラスに背を向けていましたし、わたしはそもそも彼女の飲み物に関心を払っていないわけですから」

だけれど——と続けようとする麗子の話を皆《みな》まで聞かず、風祭警部はパチンと指を弾《はじ》いた。「よーし、判った。だったら、そのとき何者かがアイスティーのグラスにこっそり近づき、密《ひそ》かに毒を入れた。そういう可能性は充分に考えられ……」

「いや、刑事さん、それは変ですよ」警部の発言を遮《さえぎ》ったのは、康太だった。不満げな警部を前にして、彼は説明した。「仮に、そのタイミングで僕のグラスに毒が混入していたとしましょう。やがて立ち話を終えた水間さんが僕らのテーブルに戻ってきて、アイスティーのグラスを僕に渡しますよね。それを一口飲んだ瞬間、僕は毒に当たってあの世行き。そういう話になるじゃありませんか。でも実際には、そうならなかった。あのとき喉がカラカラだった僕は、水間さんから受け取ったアイスティーを一気に半分ほど飲みました。それでも僕はピンピンしている。ということはですよ、刑事さん——」

「そうか、判った。今度こそ間違いない」今度は警部が康太の言葉を遮る。そして誰もが気付くような当たり前の推理を、さも大発見のごとく口にした。「犯人が毒を盛ったのは、そのときこのテーブルの周囲にいた人物だ。そいつは康太氏が半分ほど飲んだアイスティーのグラスにこっそり接近し、密かに毒を盛ったのです。まさかそれを、直後に坂上恭平氏が間違えて飲むとは思わずにね」

「ええ、まあ、そういうことです……」

自分がいおうとした台詞を取られたことが、不愉快だったのだろう。康太は憮然《ぶぜん》とした表情を浮かべながら、高級スーツの腕を組んだ。


「しかしですよ、刑事さん」と反旗を翻《ひるがえ》すがごとく唐突に口を開いたのは、梶原健介だった。弟、康太の陰に隠れて発言の機会がなかった健介は、自分の存在を誇示するように強い口調でいった。「密かに毒を盛るっていいますけど、案外と難しいですよ。仮にここにいる誰かが、弟のグラスに毒を入れようとした場合、どういうやり方があるっていうんですか。スポイトか何かに液体の毒を詰めて、それを隠し持つ？　そして弟が飲みかけのグラスをテーブルに置いて目を離した一瞬の隙に、グラスを目掛けてスポイトを一押しする？　そんな感じですか」

「ふむ、べつに悪くないやり方だと思いますが、何か問題がありますか」

風祭警部は挑発するかのように問い返す。健介は呆《あき》れた声を発した。

「大アリですよ、刑事さん。テーブルには、死んだ坂上君はもちろん、僕と康太がいて、さらに水間さんと広川さんがいた。誰が犯人かは知らないが、その人物を除いても、まだ他に四人いるんですよ。そんな中で不自然な動きをすれば、誰かに目撃される可能性が高い。いや、それ以前の問題だ。あまりに危なっかしくて、犯行に踏み切れないでしょう」

「なるほど。要するにリスクが大きすぎるというわけですか。しかし、そのリスクを冒して何者かが康太氏のグラスに毒を投入したことも、また事実ですからね。ならば、きっと犯人には、やれたのでしょう。何らかの隙を衝《つ》いて、自然な形で毒を盛ることが……」

「あッ、ひょっとして!」何事か思い当たったように顔を上げたのは、紫のドレスの女、広川美奈子だ。一同の視線が集まる中、彼女はひとつの可能性を示唆した。「あのときじゃないかしら。ほら、坂上君がテーブルに置いていたわたしのグラスを倒して、一騒動あったでしょ。グラスからこぼれたウーロン茶が、わたしのドレスにかかって、坂上君は大慌て。自分のハンカチを取り出して、ドレスの裾《すそ》を拭いてくれたわ。『ごめんなさい。ついよそ見をしていて……』って何度も謝りながらね。水間さんと康太さんも心配しながら、わたしに歩み寄ってきた。あのとき、みんなの注目は、わたしに集中していたはず。逆にいうと康太さんのグラスは、テーブルの上でほったらかしの状態だった。あの場面なら、犯人がスポイトでも何でも使って、こっそりグラスに毒を入れることは可能だったはず。例えば、そう――そこの黒服の従業員さんだって、やれたかもしれないでしょ」

　そういって広川美奈子は黒服の中年男性、沢崎修を指差す。いきなりの容疑者扱いに、沢崎は面食らった様子。それでもホテルマンらしく感情を押し殺した声で話しはじめた。

「確かにあの場面、わたくしはテーブルに駆け寄り、倒れたグラスを片付け、布巾でテーブルの上を拭きました。その作業の最中に、同じテーブルに置かれていた他のグラスに毒を盛ることは、ひょっとしたら可能だったかもしれません」

「あら、認めるんですか？」広川美奈子の口から、意外そうな呟き声。

「いいえ、そうではありません」と首を振って沢崎は続けた。「会場を駆け回るようにして接客作業に追われていたわたくしには、このテーブルの上にあるグラスの、どれが誰の飲み物であるか、把握のしようがありません。そんなわたくしに、どうして特定のグラスに狙って毒を入れることができましょうか。そもそも、わたくしはこのテーブルにいらっしゃったお客様の、どなたとも面識のない単なるホテルマン。そんなわたくしを僅かな可能性のみで疑うのは、筋違いというものではございませんか」

理路整然とした反論に、誰も言い返す者はいない。風祭警部でさえ、フロア係の言い分に理があると判断したのだろう。「いや、おっしゃるとおり」と即座に頷くと、むしろ沢崎に対して意見を求めていった。「では、おそらく犯人ではないであろう沢崎さん、あなたにお聞きしたい。あなたがテーブルを拭くなどの作業に追われているとき、他の人々の様子はどうでしたか。何か怪しい動きを示した人物などに気付きませんでしたか」

「はあ、怪しい動きといわれましても……」沢崎は困惑の表情で続けた。「坂上様は広川様のドレスをハンカチで拭いていらっしゃる様子でした。梶原康太様と水間様は、その様子を傍で心配そうに見ておいででした。その振る舞いには、特に不自然なところは、なかったように思いましたが……」

「では梶原健介氏については？」警部は康太の隣に佇む兄を指差して尋ねる。

黒服のフロア係は一瞬考え込んでから、残念そうに首を左右に振った。「正直に申し上げますと、そちらのお客様については、あまり記憶がございません。広川様たちの騒動からは、少し離れたところにポツンと立っていらっしゃったような気がしますが……」

「お、おい、ちょっと待て！　誤解を招くようなことをいうな！」

気色《けしき》ばんだ声を発したのは、もちろん当の健介だ。興奮のあまりか敬語を忘れた彼は、素の言葉で反論した。「確かに、あの騒動のとき、僕は広川さんの周囲にはいなかった。だが、それが何だというんだ？　僕がその騒動に乗じて、弟のグラスに毒を入れたというのか。そんな馬鹿《ばか》な。僕がそんな真似《まね》して、いったい何になる！」

「『何になる』って……？」横から口を挟んだ風祭警部は、白いスーツの肩をわざとらしくすくめると、目の前の健介を指差していった。「弟さんを亡き者にすれば、そのときは健介さん、あなたが次の選挙に出馬することになるのでは？　お父上の正当な後継者としてね。――違いますか？」

警部の指摘は、まさに図星だったのだろう。健介はもちろんのこと、父親である梶原竜之介も揃《そろ》って「うッ」と呻いたまま黙り込む。警部は余裕の笑みを浮かべながら続けた。

「べつに健介さんを疑うわけではありませんよ。ええ、もちろんですとも。ただ可能性の有る無しを判断したい。それだけのことです。ですから、ここはひとつ、我々の捜査に黙ってご協力いただけませんかねえ、梶原健介さん……もちろん疑うわけではないんです」

「完璧に疑ってるじゃないですか、刑事さん！」顔面を朱に染めながら、とうとう健介は怒声を発した。「いったい、僕に何をしろというんですか！」

「なーに、ちょっとだけポケットの中身などを調べさせていただきたいんですよ。ご心配なさらずとも、大丈夫。型どおりの持ち物検査に過ぎませんから」

「ふん、馬鹿馬鹿しい。僕がポケットに毒薬か何かを隠し持っていると、本気でそう思っているんですか。――判りました。いいでしょう。痛くもない腹を探られたのでは、こっちも不愉快です。さっさと調べてもらおうじゃありませんか」

いうが早いか健介は自ら高級スーツの上着のポケットに手を突っ込む。ポケットの中をまさぐった後、右手を引き抜き、中のものをテーブルに無造作に放《ほう》り投げる。現れたのはポケットティッシュと数枚のレシート、コインが二枚。そして何やら薄いガーゼに包まれた奇妙な物体がテーブルの上に転がった。

瞬間、ギョッとした表情が健介の顔に浮かぶ。彼は慌ててその物体を掌に摑みなおそうとするが、時すでに遅し。ハンカチを持った警部の右手が、それを一瞬早く摘み上げる。顔の高さにそれを掲げて、シゲシゲと見詰める警部。その顔に見る見るうちに浮かぶのは、驚きと歓喜と得意の表情だ。彼は戦利品を誇示するように、その物体を麗子に示した。

「ほら、見たまえ、宝生君！　やはり、僕の思ったとおりだったよ」

果たして本当に《思ったとおり》だったのか。むしろ彼にとっても《思いがけない》出来事だったのではないか。麗子は確実に後者だと思うのだが、それはともかく——警部の示した物体は、確かに今回の事件において重要な意味を持つアイテムに違いない。

それはガーゼに包まれた緑色のスポイトだった。

6

「……というわけで、風祭警部は迷うことなく梶原健介の犯行と断定。その場で逮捕こそしなかったけど、絶対に彼の逃走を許さないよう監視しているわ。道路が復旧して地元の警察が到着した際は、即座に犯人として突き出す気よ。——どう思う、影山？」

「どう思うか——と問われるならば、そうですね」タキシード姿の執事は、運転席で軽く首を傾げると、ひと言。「いかにも風祭警部らしい——としか申し上げられません」

そういって影山は小さく肩をすくめたようだ。その姿を後部座席からバックミラー越しに眺める麗子。開いた口許からは溜め息混じりに「ホント、本庁に栄転しても、いっさい何も進歩してないんだから！」という辛辣《しんらつ》な風祭評が飛び出した。

雨に濡れるホテル『奥多摩荘』。その駐車場には、ゆうに二台分のスペースを占領しながら駐車するリムジンの姿があった。車内では麗子が影山を相手に、事件の現状について語って聞かせたところである。

麗子は手帳に視線を落としながら、淡々と続けた。

「確かに健介には康太を殺害する動機がある。血を分けた兄弟の間でも、殺人が起こるケースは珍しくない。騒動に乗じて康太のグラスに毒を入れることも、健介ならばできたはず。そのためのスポイトを彼は持っていた。健介が犯人であると考える根拠は揃っているわ。――でも何だか腑に落ちないのよねえ」

「何か気掛かりな点でも？」

雨に洗われるフロントガラスを見やりながら、影山が問い掛ける。

麗子は後部座席から身を乗り出すようにしながら、「敢《あ》えていうなら、すべてが揃いすぎている気がするのよねえ。誰かが健介を罠《わな》に嵌めようとしている。そんなふうに思えるわ。あのスポイトだって、誰かがこっそり健介の上着のポケットに滑り込ませたのかもしれない。事件発生直後の大混乱の最中《さなか》なら、それぐらいの小細工は可能なはずでしょ？」

「おっしゃるとおりでございます、お嬢様」運転席で恭しく頷いた影山は、「しかしながら」と続けた。「ひょっとすると、すべてはお嬢様の深読みに過ぎず、実際には風祭警部の睨んだとおり健介氏が真犯人。そういう可能性も充分ございます」

「そうなのよねえ」

「その一方で、過去の経験則によると《風祭警部の推理はどれほどもっともらしい推理だとしても最終的には全部間違い》――そういうデータもございます」

「うーん、《全部間違い》っていっちゃアレだけど……でもまあ、大半の場合は間違ってるわね、うん、確かに！」と無意識に毒を吐く麗子。

その声を背中で聞きながら、影山はニヤリと笑みを浮かべた。

「ところで影山」麗子はバックミラー越しに執事の顔を見詰めながら、「実はわたし、ずっとあなたに聞きたいことがあったのよね」

「おや、何でございましょう。わたくしの下の名前でございますか？」

「…………」それも確かに気にはなる。実際、影山の下の名前って何だっけ？　いや、いまはべつにどうでもいいか。「そうじゃなくて、今日のパーティーのことよ。ほら、坂上恭平が広川美奈子のグラスを倒して、一騒動があったでしょ。あのとき、あなた、何だか妙な顔していなかった？　何かに気を取られているっていうか。わたしとの会話にも身が入っていない感じだった。――ねえ、あのとき、あなた何か見たんじゃゃないの?」

ズバリ問い掛けると、バックミラーの中で影山の端整な顔が僅かに歪《ゆが》んだ。

「ああ、さすが、お嬢様。実に鋭いご指摘でございます。ええ、確かにわたくし、あの場面で奇妙な印象を受けておりました。お陰でお嬢様との会話も、わりとテキトーでございました。その点、心よりお詫《わ》びいたします」

「いや、まあ、べつにいいけど……」会話がテキトーなのは良くないけど、「それで、あなた、あのとき何を見たの?」

「わたくしが見たのは、坂上氏が広川嬢のグラスを倒すシーンでございます。偶然その場面を目の当たりにして、わたくし、何だか不自然な印象を受けました。早い話、わたくしの目には、坂上氏が広川嬢のグラスをわざと倒したように見えたのでございます」

「え、グラスをわざと倒した!? ウッカリではなく、わざと!?」

麗子は顎に手をやって考え込む。そして呟くようにいった。「じゃあ、あの騒動は単なるアクシデントではなかったということ? 騒動は敢えて作り出されたものだった? しかも坂上恭平の手によって……その坂上は騒動の直後に毒入りアイスティーを飲んで死んでいる……これって、どういうことかしら?」

「ええ、わたくしも先ほどから、その意味をしきりに考えているのでございます」

「で、何か判りそうなの、影山？」

麗子は期待を込めた声で尋ねる。影山は宝生家に仕える一介の使用人に過ぎないが、事件の謎を解き明かすことにかけては、プロの捜査員を凌駕《りょうが》する才能を有している。そもそも風祭警部が本庁に栄転を果たしたのだって、突き詰めれば、この男が国立署管内の難事件を、その卓越した推理力でことごとく解決に導いたせいなのだ。麗子は物欲しそうな顔をしないよう心がけながら、執事に水を向けた。「何か判っているなら、いってごらんなさい。どんな些細《ささい》なことが事件解決に繋がるか、判らないんだから」

「ええ、しかし確かなことは、まだ申し上げられません。現状では情報不足でございますので」

「え、何よ、何!?　どんな情報が不足しているって!?」

その言葉を待っていたかのように、影山は運転席で指を一本立てながらいった。

「不足している情報のひとつは、広川嬢のグラスのウーロン茶です。それは水間嬢が彼女のためにドリンクバーから持ってきたものですが、広川嬢は果たしてそれを飲んだのか。それとも飲む前にグラスは倒されたのか。その点を知りたく思います」

「なんだ、そんなこと？　広川美奈子に直接聞けば、簡単に判ることだわ」答えながら麗子は手帳に要点を書き込んだ。「それから?」

「それから二つ目ですが」影山は指を二本立てて続けた。「康太氏のグラスのストローが気になります。水間嬢はアイスティーのグラスにストローを挿した状態で、それを康太氏に手渡した。しかし事件後、そのストローは床の上に転がっていたようです。ストローはいつどういう経緯で床に落ちたのか。その点をぜひ知りたいところでございます」

「ふんふん、ストローが落ちた経緯ね……って、ちょっと待ちなさいよ、影山」

手帳にメモする右手をピタリと止めて、麗子はふと顔を上げた。

「あなた、これをわたしに調べろっていうわけ? 使用人であるあなたが、このわたしに?」――あんた、何様なわけ? そんな素朴な問い掛けが口を衝いて飛び出しかけるところを、ぐっと堪《こら》えて麗子は冷静に口を開いた。「何だか、おかしくないかしら?」

「おかしくなどありません。そもそも犯罪捜査はお嬢様の本職ではございませんか」

「ああ、それもそっか……でも、何か釈然としないわねえ……なんで、お嬢様であるわたしが、執事であるあなたに、顎でコキ使われなきゃならないわけ?」

「考えすぎでございます。お嬢様はわたくしに命じられて事件を調べるのではありません。溢《あふ》れる正義感、刑事としてのプライド、そして風祭警部への忠誠心。それがお嬢様をして真相究明へと向かわせるのです。——そうではございませんか、お嬢様？」

「えー、《正義感》と《プライド》はいいとして、《警部への忠誠心》はないわー、それマジで一ミリもないわー」風祭警部が聞けば激しく落胆するだろう台詞を、麗子は堂々と口にする。そして独り言のようにいった。「そんなんじゃなくて、わたしはただ真実を知りたいの。本当にそれだけなんだから」

「ああ、わたくし、お嬢様といま初めて気が合いました」運転席の執事は胸に手を当てながら、感激の面持《おもも》ちだ。「この影山、お嬢様とまったく同じ思いでございます」

「あら、そう」——って、いま初めてなの!?　いままで気が合う瞬間って一度もなかったわけ!?　心の中で激しくツッコミを入れつつ、麗子は逸《そ》れかけた話題を元に戻した。「で、わたしに調べてほしいのは、その二つだけ？」

「いえ、三つ目がございます」影山は三本の指を後部座席の麗子に示しながら、最後の要求を口にした。「大広間のドリンクバーには、氷が用意されていたはず。その氷について、お調べいただきたいのでございます」

「はあ、氷……」氷がどうかしたっていうの？

密かに首を傾げながらも、麗子は手帳に三つ目の調査項目を書き記すのだった。

7

それからの麗子は影山から《命じられた》調査項目を、明らかにしていく作業に忙殺された。彼女がすべてを調べ上げて再び駐車場に戻ったのは、すでに深夜に近い時刻だ。

リムジンの運転席を覗いてみると、呆れたことに執事はシートに背中を預けながら気持ち良さそうに居眠り、いや、ほとんど熟睡中だ。お嬢様である麗子が額に汗して事件を調べている最中に、使用人である影山が惰眠をむさぼるとは——あり得ない！

ムカーッと頭に血が昇った麗子は、「影山ぁ！」と叫びながら、いきなり運転席のドアを開け放つ。すると執事は大いに驚いた様子。焦ってシートから転がり落ちそうになるところを、何とか体勢を立て直して、車の外へと飛び出してきた。

「こ、これはこれは、お嬢様。お早いお戻りで……」

「お早くないわ。たっぷり一時間以上、経《た》ってるっての！」

「なるほど、そういえば、いつの間にか雨も止《や》んだようでございます」

「《いつの間にか》じゃなくて、《あなたが寝てる間に》止んだのよ」

　麗子は雨上がりの夜空を見上げる。雲の切れ間からは明るい月が顔を覗かせている。影山は同じ月を一瞬眺めてから、麗子に尋ねた。「それで、首尾はいかがでございました、お嬢様？　調べはつきましたか」

「ええ、ええ、調べてやったわよ」恩着せがましい口調でいうと、麗子は手帳を取り出して調査結果を執事に報告（？）した。「まず広川美奈子のウーロン茶だけれど、彼女はそれをひと口だけ飲んだそうよ。水間さんから受け取ってすぐに、グラスに挿してあったストローからひと口だけね。そして彼女は飲みかけのグラスをテーブルに置いた。するとそこに坂上がやってきて、例の『何を飲んでいるの？』『ウーロン茶だよ』『あら、わたしと同じね』というようなやり取りがあった。その直後に何の弾みか坂上は、彼女のウーロン茶のグラスを倒した。そういう流れみたいね。どう、これで納得してもらえたかしら？」

「なるほど、ひと口飲んだだけ。それなら、わたくしの推理とも合致いたします」満足そうに頷いた影山は、詳しい説明は省いて、さらなる報告を求めた。「では、康太氏のストローについては、いかがでございましたか」

「これは梶原康太本人に聞いた話なんだけど……」

　と前置きしてから、麗子は説明した。「康太は水間さんからアイスティーのグラスを受け取った後、途中まではストローを使ってそれを飲んだそうよ。けれど、途中で何だか恥ずかしくなったんだって。ほら、男性の中にはストローを恥ずかしがる人っているでしょ。何となく子供っぽい感じがするのね。そのとき康太もそう思った。そこで彼はアイスティーを半分ほど飲んだところで、ストローをグラスから出して、それをテーブルの上に置いたそうよ。そのストローは事件の混乱の中で、いつの間にか床に転がり落ちていた。おそらく毒を飲んだ坂上が苦悶《くもん》する中で、テーブルの上にあったストローを手で払いのけたんじゃないかって、康太はそういっていたわ」

ちなみに、康太がグラスからストローを取り出してテーブルに置く場面を、水間沙耶も目撃して記憶に留《とど》めていた。そのことを伝えると、影山は満足した様子で深く頷いた。

「なるほど。グラスからストローを取り出したのは、康太氏自身だったわけですね。納得いたしました。――では最後、氷の件ですが、実物をご覧になっていただけましたか」

「ええ、見てきたわ。氷はドリンクバーの脇に置かれた保冷ボックスの中にあったわ。ファミレスのドリンクバーでよく見かけるような箱型の冷凍庫ね。透明な蓋を開けて、中の氷をトングで摘んでグラスに移すの。見たけれど、ごく普通の四角い氷よ」

「ん、普通の四角い氷⁉」突然、影山が眉根を寄せて聞き返す。「というと、つまりサイコロ状の、いわゆるキューブアイスのことでございますか⁉」

「そうよ、きまってるじゃない。ドリンクバーに丸や三角の氷なんてあるわけないんだから。あるとすれば四角い氷か、もしくは細かく砕かれた不揃いな氷、いわゆるクラッシュアイスだろうけど、このホテルで使われているのは四角い氷のほう。――なによ、不満なの、影山？　だけど間違いないわよ。わたし、ちゃんと実物を見たんだから」

「はあ、しかし……本当にご覧になられたのでございますか、お嬢様？」

眼鏡のブリッジを指先で押し上げた影山は、疑念に満ちた視線を麗子の顔面に容赦《ようしゃ》なく注ぐ。その不躾な視線を撥《は》ね退けるがごとく、麗子は声を荒らげた。

「な、何よ、わたしを疑うわけ⁉」

「いえいえ、けっして疑うわけでは……ただ信用できないだけでして……」

「同じだわ！」

ムッとした麗子は、眼鏡を掛けた執事の目許を指差しながら、「そんなにいうなら、あなたのその目で確かめてみればいいでしょ。――ついていらっしゃい！」

一方的に命じて、麗子はホテルの建物へと歩き出す。影山はリムジンの扉をロックしてから、彼女の後に続いた。

やがて二人は『桔梗の間』に到着。ガランとした大広間を一直線に横切り、ドリンクバーへと向かう。問題の保冷ボックスの前で立ち止まった麗子は、「ほら、この中よ」といって、スライド式の透明な蓋を自ら開けた。影山は「ほう……」と顎に手を当てるポーズで、中を覗き込む。保冷ボックスは四角い氷で満たされていた。

どんなに疑《うたぐ》り深い影山とて、これを見れば、わたしの話に間違いがないことを認めざるを得ないはず。――そう確信する麗子は、『申し訳ございません、お嬢様』の言葉を期待しながら、彼が口を開く瞬間を心待ちにする。やがて顔を上げた影山は、神妙な顔で麗子に向きなおる。それから一転、溜め息混じりに彼は左右に首を振った。

「やれやれ、相変わらずの節穴っぷりでございますね、お嬢様の目は！」

8

「…………」いきなりの執事の暴言を耳にして、麗子はデジャビュにも似た、ある種の感慨を覚えた。そういえば以前、影山が麗子の低レベルな観察眼を揶揄《やゆ》して《節穴》に喩《たと》えたことがあった気がする。あれはまだ影山が宝生家の執事となって間もないころのことだ。それ以来、まあまあ長い時間が経過。いまでは影山が時おり吐く、執事らしからぬ暴言にもすっかり慣れた。いや、本当は慣れてちゃ駄目なのだが、それはともかく――

麗子は刑事としてそれなりの経験を積み、日々の研鑽《けんさん》を続けてきた。あのころの自分とは違うのだ。ああ、それなのに――「キーッ、相変わらずって何よ、影山ッ。《相変わらずの節穴っぷり》って！　これでも最近は随分マシになってるっつーの！」

「昔、節穴だったことは、お認めになるのですね？」

「認めないわよッ！」――わたしの目が節穴だったことなど過去に一度もない！

激しく憤る麗子は、影山のすまし顔を指差しながら猛然と問い詰めた。「わたしの目はいまも昔も視力1．5よ。この目のどこが節穴だっていうわけ？」

説明してごらんなさい、とばかりに麗子は腰に手を当てドレスの胸を突き出す。

すると影山は恭しく一礼。ドリンクバーに向かうと、備えられたグラスをひとつ左手に取る。それから右手にトングを握ると、保冷ボックスから氷を摘み上げて、グラスの中に三つ四つと放り込んでいく。瞬く間にグラスはたっぷりの氷で満たされた。

その様子を眺めながら、麗子は思わず眉をひそめた。「何やってるの、影山？」

「実演でございます」

「実演……？」何のことかしら、と首を捻《ひね》る麗子。

その前で影山はドリンクの入ったポットを手に取り、グラスの中に黒っぽい液体を静かに注いだ。どうやらアイス珈琲らしい。それをグラスの八分目ほどまで注いだところで、影山はポットを戻した。グラスを置き、そこにストローを一本挿す。それだけの作業を終えると、影山はおもむろに麗子のほうを向き、ひとつのことを願い出た。

「それでは、お嬢様、申し訳ありませんが、壁に両手を突いて下を向いていてくださいますか」

「何よ、それ⁉ 昔の銀行強盗⁉ あたし、拳銃突きつけられてる設定なわけ⁉」

「ご不満でいらっしゃいますか？」

「ご不満にきまってるじゃない！」

「仕方がない。ならば、そうですね――しばらく目を瞑っていてくださいますか」

「目を瞑っていればいいのね。だったら、最初からそういいなさいよ。『壁に両手を突け』とか、ふざけたこといってないで……」ブツブツ文句を垂れながら、麗子はその場で両目を閉じる。なんだか、かくれんぼの鬼になった気分だ。不安もあるが、何となくワクワクするような期待感もある。耳に神経を集中させると、離れた場所に影山の気配を感じた。

麗子はギュッと目を瞑ったままで、「ねえ、何してるのよ、影山？」

麗子の問い掛けに、執事は微かに笑い声をあげたようだった。「それを喋ってしまっては、何の面白味もございませんよ、お嬢様。どうか、いましばらく我慢して目を瞑っていてくださいませ。——ちゃんと瞑っていらっしゃいますか、お嬢様？　薄目を開けるのはナシでございますよ。ズルしないでください。ズルは駄目です。ズルはいけません。——本当に両目とも瞑っていただけてますか？　片目、開けてたりしてませんか？　本当に？」

「ちゃんと瞑ってるわよ！」もう、どんだけ信用ないのよ、わたしって！　若干《じゃっかん》の悲哀を味わった麗子は、痺《しび》れを切らしたように、「ねえ、もうそろそろ、いいかしら？」

すると意外に近いところから影山の声。「はい、結構でございますよ、お嬢様」

ドキリとしながら目を開けると、執事のタキシード姿が目の前だ。その右手には銀色のトレーがあり、そこにグラスがひとつ載っている。中身はたっぷりの氷とアイス珈琲だ。そこにストローが一本挿してある。「何よ、影山、いったい何の真似？」

「お嬢様のためにご用意いたしました、特製アイス珈琲でございます」

どうぞ——といって影山はトレーを差し出す。

麗子はトレーを押し返すように片手を前に突き出した。

「嫌よ、嫌！」

「なにゆえでございますか？」

「どうせ毒入りでしょ。そういや、さっき《実演》っていってたし」

「いいえ、毒など入っておりません。ええ、けっして毒は……毒だけは……」

「そう、《毒だけは》入ってないのね」てことは、毒ではない別の何かが入っているわけだ。その何かに多少の興味を惹かれた麗子は、しばし黙考。そして彼の企《たくら》みに敢えて乗っかることにした。「まあ、いいわ。せっかくだから、あなたの仕掛けたドッキリに引っ掛かってあげる。そうしないと、話が前に進まないみたいだし」

感謝しなさい、とばかりにいって、麗子はトレーに載ったグラスを手に取る。見た目は普通のアイス珈琲だ。麗子はストローに口をつけ、恐る恐るひと口啜《すす》ってみる。瞬間、口の中に広がったのは、芳醇《ほうじゅん》な香りと深い苦味。まさに上質のアイス珈琲の味わいだ。

「逆に意外だわ……」身構えていた麗子は肩透かしを食った気分。むしろ不満な気持ちを影山に訴えた。「何なのよ、これ？　ただの美味しいアイス珈琲じゃないの」

「ええッ、何ですって⁉」冷静沈着な影山らしくもない、大袈裟《おおげさ》な叫び声。彼は慌てた素振りで、麗子の持つグラスを指差しながら、「そ、そんなはずはございません。

わたくし、確かにこのグラスの中に、青酸性の毒物を投入したはずですが……ちょっと失礼！」

影山は麗子のグラスを奪い取る。そして目の前でストローを摘み、中の液体を二、三回ほど掻き回す仕草。そして満足そうに頷くと、あらためてグラスを麗子へと差し出した。

「申し訳ございません、お嬢様。いま一度、お飲みいただけますでしょうか……」

「嫌よ！　今度こそ絶対に嫌！」

「なにゆえ？」

「《なにゆえ》じゃないっつーの！　あからさまに怪しいじゃないよ！」

「そうでしょうか!?　わたくし、特に何もしておりませんが……」

「………」確かに影山は何もしていない。ストローでグラスの中を掻き回しただけ。ならば、美味しいアイス珈琲は美味しいままであるはずだ。「判ったわ」といって麗子は差し出されたグラスを手にする。そして蛮勇を奮い、再びストローに口をつけた。思い切って、ひと口飲んでみる。次の瞬間、彼女の口から「うッ」という呻き声。目を白黒させながら辛《かろ》うじてそれを飲み込んだ麗子は、思わず叫んだ。「何よ、この珈琲!?　すっぱぁ〜い！」

その様子を眺めながら、影山はしてやったりの表情だ。麗子はハンカチで口許を拭《ぬぐ》うと、目の前の執事を睨みつけた。「ふうん、青酸性の毒物って随分すっぱいのね」

「いいえ、酸味の正体はバルサミコ酢でございます。残ったパーティー料理の中から調達いたしました。飲んでも問題はございませんので、ご安心を」

バルサミコ酢か。どうりで酸味を感じたわけだ。

「でも、どうして？　なんで急にアイス珈琲がすっぱくなったの？　あなた、いつバルサミコ酢をグラスにいれたのよ？」

「実はバルサミコ酢は最初からグラスの中にございました」

「嘘よ。最初にひと口飲んだときは、美味しいアイス珈琲だったもの。それなのに、あなたがストローで掻き回したら、急にすっぱくなった。何かストローに仕掛けがあるわけ？」

「いいえ、ストローは普通のストロー。謎を解くカギは、氷にございます」

そういって影山はトングを摑むと、あらためて保冷ボックスの蓋を開けて、中から四角い氷をひとつ摘み上げ、それを麗子の眼前に示した。

「よくご覧ください、お嬢様。この四角い氷は、ただのキューブアイスではありません。立方体の一面に深い穴が開いております。形としてはサイコロというより、むしろ枡《ます》に近い。いわば《氷の枡》でございます。この形状のほうが氷と液体の接する面積が広い。結果、液体がよく冷える。おまけに水の量も節約できる。そのため、多くのファミレスのドリンクバーなどで、このような形状の氷を見ることができます」

「し、知ってるわよ。だから、わたしも《普通の四角い氷》っていったんじゃない。実際、それだって四角い氷には違いないでしょ。どっちだっていいじゃないよ」

「ああ、お嬢様！　その大雑把でガサツな性格こそが、お嬢様をして、目の前の真実から遠ざけているのでございますよ。お判りになりませんか」

「うッ……」まさに図星かもしれない。だけど、なぜ雇った執事に、ここまでいいたい放題いわれなくてはならないのか。《大雑把》で《ガサツ》って？　麗子は釈然としない思いで尋ねた。「じゃあ聞くけど、その氷がどうだっていうのよ。説明してごらんなさい」

影山は氷を保冷ボックスに戻していった。「先ほど、わたくし、この《氷の枡》をグラスの縁までいっぱいに入れた上で、ポットのアイス珈琲を八分目ほど注ぎました。このときいちばん上にある氷は、液体の表面よりも上にあります。この状態で、わたくし、バルサミコ酢をその《氷の枡》の中に注いだのでございます。これですと、《氷の枡》の中にあるバルサミコ酢と、まわりにあるアイス珈琲は混ざり合いません。両者は氷の壁で隔てられているからです。これをストローで飲めば、どうなるか。お判りですね。当然、口に入るのは普通のアイス珈琲のみでございます」

「実際、わたしが最初にひと口飲んだのは、普通のアイス珈琲だった。——そっか。それを影山がストローで掻き回した。それによってグラスの中で積みあがった氷が崩れて、バルサミコ酢とアイス珈琲が混ざり合ったのね。だから、わたしの飲んだ二口目は、すっぱくなっていた」

「さすが、お嬢様、ご理解が早くていらっしゃいます」といって影山は胸に手を当てながら恭しく一礼。だが実際には『やっとお判りいただけましたか』というのが、彼の偽らざる本音に違いない。むしろ『ご理解が早くて……』は影山流の皮肉と捉《とら》えるべきだろう。

9

だが、執事に馬鹿にされたままでは終われない。麗子は名誉挽回《ばんかい》とばかりに思考を巡らせた。考えるべきはアイス珈琲とバルサミコ酢の問題ではない。アイスティーと毒物の問題だったはずだ。その毒は梶原健介がスポイトを用いて康太のグラスに投入したものと、そう考えられてきた。タイミングとしては、康太が水間沙耶から受け取ったアイスティーを半分ほど飲んだ直後。広川美奈子のグラスが倒れた際の騒動に乗じて、毒の投入がおこなわれたに違いない――と、風祭警部はそう信じて、現在も健介を犯人扱いしている。

だが、いまの影山の《実演》は、それとはまったく別の可能性を示唆するものだ。

「要するに毒は広川美奈子の騒動とは関係なく、それよりもっと前のタイミングで投じられたのかもしれないってことよね。場所はこのドリンクバー。だとすると毒を入れることができた人物は――え、ひょっとして水間さん!? 彼女が毒殺犯だっていうの!?」

嫌な予感に麗子は緊張を覚える。だが影山はアッサリと首を横に振った。

「いいえ、ご心配なく。犯人は水間嬢ではございません」

「そう？ でも康太のアイスティーをグラスに注いだのは、彼女なのよ」

「ええ、しかし水間嬢はアイスティーをグラスに注いだ直後、お嬢様と立ち話をなさっています。しかも水間嬢のほうから、わざわざお嬢様に声を掛ける形で」

「確かに、そうだったわね。――そっか、水間さんが犯人なら、犯行の途中でわたしを呼び寄せるはずないわね。だって彼女はわたしが刑事であることを知っているんだから」

「ええ、犯人の振る舞いとしては理屈に合いません。したがって水間嬢は犯人ではない。もちろん共犯者でもないでしょう。水間嬢はただ康太氏のために、アイスティーをグラスに注いだだけでございます」

「そう、良かった」麗子はホッと安堵《あんど》の吐息を漏らす。だが水間沙耶でないとするなら、いったい誰が康太のグラスに毒を……いや、待てよ。その問題を考える前に、考慮すべき疑問点があるような気がする。「なんか変ね。水間さんは犯人ではない。だけどグラスに氷を入れたのは間違いなく彼女よね。そしてアイスティーを注いだのも彼女。——ねえ、影山、もし水間さんがグラスに少ししか氷を入れなかったなら、そしてアイスティーを氷の上までたっぷり注いでいたなら、そのときはどうなっていたわけ？　あるいはグラスの中のいちばん上の《氷の枡》が下を向いた状態だったなら、どうよ？　その場合、あなたが《実演》したトリックはまったく使えなくなるわよ」

「ああ、さすが、お嬢様。まさに慧眼《けいがん》でございます」影山は感服した様子で一礼。そして続けた。「お嬢様のおっしゃるとおり、水間嬢が犯人でも共犯者でもないということは、すなわち、この犯行は非計画的なもの。犯人にとってさえ偶然の産物に過ぎない——そのように考えるしかございません」

「そうよね、そうなるわよね。だとすれば、その偶然の機会を利用することができた人物こそが、毒を入れた真犯人ってことになる……」

腕組みして考える麗子の脳裏に、そのときひとつの場面が浮かんだ。ドリンクバーを背にする水間沙耶と話し込む麗子。あのとき、麗子たち以外にもうひとり誰か、ドリンクバーの周囲にいたような気がする。確かにあれは今回の事件の関係者のひとり。だが、一度たりとも容疑者として疑われたことのない人物……そう、あれは……「ん、坂上恭平!? わたしと水間さんがお喋りしているとき、彼は確かにドリンクバーにきていたわ。いや、だけど、まさかね……」

「お嬢様、自信をお持ちください。その《まさか》でございます」

影山は淡々とした口調で彼の推理の結論を語った。「毒を飲んで死んだ坂上恭平。彼こそが康太氏のグラスに毒を入れた張本人だったものと思われます」

影山の言葉に麗子は、しばし唖然《あぜん》となった。いまのいままで被害者と目されてきた坂上恭平。その彼こそが今回の事件の犯人であると、影山は指摘したのだ。

「いったい、どういうことよ？　坂上が毒殺犯だというわけ？」

「ええ、毒殺犯――そう呼んで差し支えないものと思われます」

「でも、まさか自殺じゃないわよね」

「ええ、自殺ではありません。むしろ事故に近い出来事と呼ぶことができるでしょう」

そういって影山は事件の詳細を説明した。

「動機のことは、正直わたくしには判りません。ただ坂上恭平が梶原康太を毒殺する目的を持って、このパーティーに参加したことは、まず間違いありません。彼は即効性の強い、それこそ青酸性の劇薬か何かを緑色のスポイトに詰めて、会場に持ち込んだ。そして彼は華やかなパーティーが進行する中、虎視眈々《こしたんたん》と機会を窺《うかが》っていたのでしょう。そこへ壇上での挨拶を終えた康太氏がやってまいります。康太氏は水間嬢にアイスティーを頼みました。一方で、広川嬢もウーロン茶を頼みます。そして水間嬢はドリンクバーへと向かいました」

「坂上はそのやり取りを間近で見ながら、チャンス到来と考えたわけね」

「そう思われます。坂上はテーブルを離れて、水間嬢の後を追います。『隙あらばアイスティーのグラスに毒を……』という狙いだったのでしょう。そんな彼の前に、願ってもない場面が訪れました。水間嬢が偶然見かけた麗子お嬢様に声を掛けて、しばしの談笑を始められたのです。このとき康太氏のアイスティーのグラスは、広川嬢のウーロン茶のグラスと並んでドリンクバーの傍らに置いてありました。一方、お二人はドリンクバーに注意を払うことなく、くだらないお喋りに夢中でございます」

「こら、《くだらない》は余計でしょ！」

まあ、確かに、あのとき麗子は沙耶の恋愛話の真相を追及していたのだ。くだらない話には違いなかったと思うが——「とにかく、その光景を見て好機と判断した坂上は、自らドリンクバーに歩み寄っていったのね」

「おっしゃるとおりでございます。坂上は自分のウーロン茶をグラスに注ぐ一方で、傍らに置かれた二つのグラスにこっそり接近し、康太氏のアイスティーに毒を入れたのでございます」

「例の緑色のスポイトを使ったわけね」

「はい。このとき坂上は周囲の目を、かなり気にしたはず。特に談笑中の水間嬢が、いつ彼のほうを振り向くか、気を配っていたことでしょう。彼の意識は目の前のグラスよりも、むしろ水間嬢のお喋りのほうにあったものと思われます。ところが、そのことが思いがけない事態を招き寄せたのでございます」

「何よ、思いがけない事態って？」

「坂上がスポイトを使ってグラスに注ぎ込んだ毒。それは偶然グラスのいちばん上にあった《氷の枡》の中へと、すべて注がれてしまったのです」

「すべて？」麗子は目をパチクリさせながら、「一滴残らずってこと？」

「ええ、すべて、一滴残らず《氷の枡》の中へ……」

「なるほど」それだと毒はアイスティーと混ざらない。先ほどのバルサミコ酢とアイス珈琲による《実演》と同じ状況だ。「でもそれ、狙って入れたわけではないのね？」

「はい、偶然そうなっただけの話でございます。スポイトの先端が液体のほうを向いているか、氷のほうを向いているか、おそらく坂上は注意を払っていなかった。ですから彼はちゃんとアイスティーの中に毒を注いだと、そう信じ込んでいたはずです。やがて坂上は水間嬢とともにテーブルへと戻ります。戻るや否や、坂上は犯行の最後の仕上げ。証拠の品であるスポイトを、梶原健介氏の上着のポケットに滑り込ませます。健介氏を狙ったのは、彼と康太氏の兄弟仲が険悪であることを意識してのことでしょう。その一方で水間嬢はアイスティーのグラスを康太氏に、ウーロン茶のグラスを広川嬢に手渡します。康太氏はストローを使って、それを一気に半分ほど飲みます。そして彼はまた平然と仲間たちとの談笑を続けたのでございます」

「坂上はさぞやビックリしたでしょうね。毒入りアイスティーを飲んだはずの康太がピンピンしているのを見て。――いったい坂上は何が起こったと思ったのかしら？」

「おそらく彼の頭の中は相当なパニック状態に陥ったはず。ですがこの場合、考えられる可能性は、ほとんど二つしかございません。ひとつは坂上自身が毒を投入する際に、アイスティーのグラスとウーロン茶のグラスを間違えた。そういう可能性でございます」

「どちらも茶色い飲み物だから、ウッカリ間違えることはあり得るわね。――じゃあ、もうひとつの可能性は？」

「グラスを運んだ水間嬢が、間違えて康太氏にウーロン茶を、広川嬢にアイスティーを手渡した。そういう可能性も、いちおう考えられます。ですが、いずれにせよ導かれる結論は同じこと。要するに康太氏のグラスが無毒であるならば、必然的に毒は広川嬢のグラスの中に違いない。混乱する頭の中で、坂上はそのように考えたはず。その広川嬢のグラスは、ほんのひと口飲まれただけで、テーブルの上に置かれています。それを見て、坂上は果たしてどう思ったことでしょう――」

「広川美奈子はまだ毒入りドリンクを、ひと口も飲んでいない。だから、まだ死んでいないいんだ。彼はそう思ったはず――あ、そっか！」麗子はパチンと手を叩いていった。「だから坂上は広川さんのグラスをわざと倒したのね。なんとか彼女を助けようと思って」

「はい。たとえ毒殺を企てるような悪党だとしても、やはり人の子。無関係な女性を間違いで死なせてしまうのは、いかにも寝覚めが悪い。これは毒殺犯、坂上恭平が最後に示した、最低限の人間らしさと申し上げてよろしいかと思われます。そうして広川嬢のグラスを倒し、密かに彼女の命を救った坂上は、内心ホッと胸を撫《な》で下ろしたことでしょう。とにもかくにも余計な人殺しをせずに済んだのですから。その一方で康太氏を毒殺するという当初の計画は頓挫《とんざ》してしまいましたが、その機会はまたいつかくる。――そんなふうに自らを納得させながら、坂上は自分の飲んでいたウーロン茶のグラスに、あらためて手を伸ばしたのでございます」

「あれ、だけど、そのグラスって……」

「ええ、お嬢様もお察しのとおり。生憎とそれこそが、坂上自らが毒を盛ったアイスティーのグラスでした。お嬢様がお調べになったとおり、康太氏はこのとき自分のグラスからストローを抜いておりました。そのため坂上にはテーブルに置いた自分のウーロン茶と康太氏が飲みかけていたアイスティーの見分けが付きにくかった。それで両者をウッカリ取り違えたのでございます」

「なるほど。《テーブルに置いた自分の飲み物が、どれだか判らなくなる》。典型的な《パーティーあるある》ね。だけど、それにしても軽率すぎないかしら、坂上って男？」

「ええ、確かに」影山は苦笑いして続けた。「しかしながら、坂上にしてみれば、毒入りのグラスはもう倒してしまったのだから、そう神経質になることもない。どちらを飲んでも大丈夫。そんな安心感が彼の中にはあったことでしょう。そこで坂上は一瞬迷っただけで康太氏のグラスを手にし、何のためらいもなくそのグラスを傾けて、中のアイスティーを飲んでしまったのでございます」

「グラスを傾けてしまえば、中の氷は崩れる。《氷の枡》に収まっていた毒も、たちまち流れ出してアイスティーと混ざり合うわ。結果、坂上は思いがけず毒入りアイスティーを飲んでしまった。なるほど、そういうことだったのか――」

あまりに皮肉すぎる結末に、麗子は小さく溜め息。そして呟くようにいった。

「つまり坂上は自分で自分を毒殺してしまったわけね」

麗子の言葉に対して、影山は胸に手を当てながら一礼した。

「おっしゃるとおりでございます、お嬢様」

10

混乱と驚きに満ちた事件の夜から数日が経過した、とある夜のこと。場所は国立市の某所に威圧感たっぷりに建つ宝生邸。その無駄に豪華なリビングでは、いかにもお嬢様らしいピンクのワンピースを身に纏った麗子が、スマートフォンを耳に当てて通話中だった。電話の相手は先日のパーティーの主催者、梶原竜之介である。電話越しに響く国会議員の野太い声は、例の《毒殺事件？》のその後の様子を伝えていた。

『……結局、あの事件は被疑者死亡ということで片が付いたらしい。死んだ人間は逮捕できんからね。ん、動機？　ああ、坂上恭平が康太を毒殺しようと思い詰めた理由かね。なーに、くだらん逆恨みだよ。麗子ちゃんも気付いたかもしれんが、康太は水間家のお嬢さんとお付き合いしていてね……』

やっぱり、そうだったのか。これは聞き捨てならないわね。そう判断した麗子はスマホ片手にソファの上で身を乗り出しながら、竜之介の話に耳を傾けた。

それによると、水間沙耶との交際を始める前、康太は別の女性と付き合いがあったらしい。一方で坂上もまた同じ女性に好意を寄せていた。そこで坂上は彼女に求婚。だがその女性は坂上の求婚を断って、康太との交際を選んだ。そもそも、その女性は坂上のことなど眼中になかったのだ。ところが康太は、そんな彼女の愛情が重荷になって、やがて二人の関係もギクシャク。とうとう破局を迎えたという。これに腹を立てたのが、坂上というわけだ。彼にしてみれば、他人の女を奪っておいて、アッサリ捨てるとは何事だ。そんな恨みがあったのだと思われる。

『……実際には奪ったのでも捨てたのでもないんだがな。しかし坂上はすべて康太のせいだと考えて、あのような過激な行動に及び、そして自ら死に至ったわけだ。ふん、自業自得だよ。あるいは天の配剤とよぶべきだな』

竜之介は吐き捨てるように断言する。次男である康太の殺害を企て、さらに長男健介を犯人に仕立てようとした坂上。それに対する父親の憤りは相当に根強いらしい。

麗子は相手を刺激しないように「なるほど、そうでしたか」と答えるしかなかった。

『ところで麗子ちゃん、地元の捜査員に聞いたんだが、今回の事件の解決には、麗子ちゃんの驚くべき閃《ひらめ》きと見事な推理があったらしいじゃないか。みんな舌を巻いておったよ』

「いえいえ、そんなことは……あれはたまたま思いついただけのことですから」と麗子の口から滑らかに《謙遜《けんそん》》の言葉が飛び出す。瞬間、傍らに控える執事が露骨にムッとした表情。麗子は「あ、ちょっと失礼」といってスマホのマイク部分を手で押さえると、「何よ、あなた不満なの？」と影山を横目でジロリ。すると影山は「いえいえ、不満だなんて、とんでもない」と軽く手を振ってすまし顔。麗子は再びスマホを耳に当てると、「とにかく、みなさんのお役に立てて何よりです」と何事もないかのようにいった。傍らで執事は苦笑いである。

『いやいや、お役に立ったどころではないよ、麗子ちゃんのお陰で、健介は危うく冤《えん》罪《ざい》を免れたのだからね。――それに引きかえ、あの男ときたら！』

「あの男……？」

『ほら、あの男だよ。ハリウッドスターみたいな派手なスーツを着て、偉そうな態度で大言壮語を連発して、おまけに隙を見ては家柄自慢。その実、立派なのは恰好だけで中身はカラッポの……』

「風祭警部ですね」

『ん、風祭!?　そうだったかな。とにかく、あのイケメンを鼻に掛けた感じの、エリート臭プンプンのキザったらしい、友達になりたくない感じの……』

「風祭警部です！　間違いなく、それ風祭警部ですから！」

『ああ、そうか。じゃあ、きっとその男だな』

「あの人もべつに悪気があるわけではないんですから」ただ基本的な能力が低いだけなんですから。「あまり厳しいことは、いわないであげてくださいね」

『おお、麗子ちゃんは優しいねえ。――それに引きかえ、あの役立たずは！』

竜之介の怒りは容易に収まる気配がない。そのあまりの剣幕に、麗子もさすがに不安になった。「あのー、まさか風祭警部、クビになったりしませんよね？」

『ん、クビ⁉　懲戒免職ということかね。いや、さすがにそれは無理だが、こう見えても警察関係の知り合いは大勢いるからね。あの男には、それなりのペナルティーを与えることにしたよ。近いうち、あの男に新たな辞令が下されることだろう』

「辞令……というと、また異動ですか」

『まあ、そうなるかな。これで麗子ちゃんも仕事がやりやすくなるんじゃないかね？　偉そうな上司がいなくなるわけだから』

「いいえ、それは全然関係ありませんよ。だって風祭警部は本庁捜査一課で、わたしは国立署の刑事課ですから」

『え、国立署⁉』その瞬間、明るかった竜之介の声がドンヨリと曇った。『麗子ちゃん、本庁じゃないのかい？　本庁の警部に部下として扱われているみたいだったから、てっきりわたしは……』

「勘違いされました？　わたしは国立署勤務です。宝生家の地元ですから」

『そ、そうか……それもそうだな……』なぜか電話越しに聞こえる竜之介の声が、不自然なくらいの動揺を伝えている。いったい、どうしたというのだろうか。だが、それを尋ねるより先に、竜之介のほうが慌てて話を切り上げるがごとく別れの挨拶を口にした。『と、とにかくありがとう。そして、すまなかった。では、お父上にヨロシク！』

最後にひと言、『ゴメン』と言い残して電話は切れた。通話の途絶えたスマホを見詰めながら、麗子は首を傾げるしかない。

──《ありがとう》はいいけど《すまなかった》って何のこと？

そんな彼女の様子を見やりつつ、傍らに立つ執事が不思議そうに口を開く。

「どうなさいました、お嬢様？」

「ん、風祭警部、また異動だって。どうやら左遷されたみたいよ」

気を取り直して麗子はスマホを切る。そして呟くようにいった。

「──あの人、今度は、どこにいくのかしらね？」

謎解きはディナーのあとで2

東川篤哉

湯船に浸かって全裸で死んでいた女性の部屋から帽子のコレクションが消える、雪のクリスマス・イブに密室殺人が起きる、黒髪をバッサリと切られた死体が発見されるなど、怪事件が続発!

国民的ユーモアミステリ第2弾。

本書のプロフィール

本書は、『謎解きはディナーのあとで』一〜三巻（小学館文庫）より著者が自選した三編に書き下ろしを加えたものです。

第一話　二股にはお気をつけください　『謎解きはディナーのあとで』より
第二話　アリバイをご所望でございますか　『謎解きはディナーのあとで2』より
第三話　犯人に毒を与えないでください　『謎解きはディナーのあとで3』より
第四話　殺意のお飲み物をどうぞ　書き下ろし

小学館文庫

謎《なぞ》解《と》きはディナーのあとで　ベスト版《ばん》

著者　東川篤哉《ひがしがわとくや》

二〇一九年十二月十一日　初版第一刷発行

発行人　飯田昌宏
発行所　株式会社　小学館
〒一〇一-八〇〇一
東京都千代田区一ツ橋二-三-一
電話　編集〇三-三二三〇-五六一六
販売〇三-五二八一-三五五五
印刷所――――図書印刷株式会社

ISBN978-4-09-406724-8